本书受"2022年度高校思想政治理论课教师研究专项一般项目（项目批准号22JDSZK106）"和"2022年江苏高校思政课教育教学改革创新示范点项目"资助出版

趣品西游
神话故事里的百味人生

丁志春 著

南京大学出版社

图书在版编目(CIP)数据

趣品西游：神话故事里的百味人生 / 丁志春著. ——
南京：南京大学出版社，2023.11
ISBN 978-7-305-27403-9

Ⅰ. ①趣… Ⅱ. ①丁… Ⅲ. ①《西游记》研究 Ⅳ.
①I207.414

中国国家版本馆 CIP 数据核字(2023)第 219074 号

出版发行　南京大学出版社
社　　址　南京市汉口路 22 号　　　邮　编　210093
书　　名　**趣品西游：神话故事里的百味人生**
　　　　　QUPINXIYOU SHENHUAGUSHI LI DE BAIWEIRENSHENG
著　　者　丁志春
责任编辑　张婧妤

照　　排　南京南琳图文制作有限公司
印　　刷　江苏凤凰扬州鑫华印刷有限公司
开　　本　787 mm×1092 mm　1/16　印张 18.25　字数 200 千
版　　次　2023 年 11 月第 1 版　2023 年 11 月第 1 次印刷
ISBN 978-7-305-27403-9
定　　价　58.00 元

网址：http://www.njupco.com
官方微博：http://weibo.com/njupco
官方微信号：njupress
销售咨询热线：(025) 83594756

序

遇有趣人　读有趣书

　　志春是个有趣的人，这一点和我印象中的思政老师是不同的。在我的印象中，思政老师是严肃的、端正的、刻板的，是小心翼翼而又理智虔诚的，就像孔子门生中那位永远正确的贤人曾参一样，"战战兢兢，如履薄冰"。

　　《西游记》书中的孙悟空，是一只从石头里蹦出来的石猴，他是跳脱的、灵动的、孤勇决绝而又无所畏惧的，"天不拘兮地不羁，心头无喜亦无悲"。

　　《红楼梦》里的林黛玉，是西方灵河岸边的一棵绛珠仙草，是钟鼎书香世家的千金小姐，她多愁善感、浪漫忧郁、孤芳自许、目无下尘，"心较比干多一窍，病比西子胜三分"。

　　我很难想象，一个思政老师是如何把《西游记》和《红楼梦》的人物形象应用到思政课堂上的。然而，有趣的志春做到了。她一边舌绽莲花地讲着思政课，一边请来孙猴子与林姑娘做助教；一边

1

把经典文学艺术里的审美观价值观融入思政教学中，一边又将多年思考梳理总结，自成体系，甚至出了书，真是怎一个有趣了得！

认识一个优秀的人，写作一本有趣的书，完成一堂精彩的课，或是成就任何一件挺特别的事，都需要机缘。

我认识志春近二十年了，亦师亦友。一直关注着她在公众号里解读《西游记》与《红楼梦》的文章，她给我的印象一直是柔软而优雅的，随便一个感性的话题就可以引得她泪湿眼角。作为一名大学思政课教师，她又总是能根据大学生的思维和生活特点来思考一些文学作品，发表一些十分有趣的观点和见解，这样有趣的人讲思政课，自然也是不同的。

而她解读《西游记》与《红楼梦》的角度与观点，更是立意新颖，趣味横生。看了她的解读，我才知道孙悟空并非真的打遍天下无敌手，他很像青少年时代的我们，在不断地碰撞和历练中成长；唐僧也并不是生来就那么坚定执着，他也有普通人的脆弱和不安，取经的历程也是他个人成长的过程；猪八戒也并非我们日常所认为的一味地懒惰贪婪，他更像是芸芸众生的每一个普通的我们；《西游记》和《红楼梦》都是从一块石头说起，两块石头却偏偏走向了不同的人生……

遇一个有趣的人，读一本有趣的书。翻开志春的解读，你会感受到熟悉又不同的取经师徒与红楼十二钗，令人时而忍俊不禁，时而掩卷深思。志春不仅用幽默的语言和独特的视角帮我们解开一

个个难解的谜团，更带领我们领悟出经典著作中所蕴含的深刻人
生道理。

西岭雪

2023 年 5 月 20 日

目　录

第四篇　除妖降魔人情练达

第五篇　踏遍千山风景独好

第一篇
天上人间谜团难解

一块石头的初心

　　《西游记》①和《红楼梦》②是享誉中外的两大名著，巧的是，它们都从一块石头说起。

　　小时候，我们喜欢《西游记》里的石头，因为它孕育了孙悟空，也陪伴了我们整个奇幻的童年。

　　长大了，我们喜欢《红楼梦》里的石头，因为它见证了宝黛爱情，也见证了我们的青春岁月。

　　其实仔细想想，虽然都从石头开始，但是，石头与石头差别老大了。

　　《红楼梦》里的这块石头，从外貌来看，够大够雄伟，它"高经十二丈、方经二十四丈"。出身也不平凡，乃是女娲亲手所炼。可偏偏生不逢时、怀才不遇，因无才可去补苍天而自怨自叹，日夜悲号，无所事事，所以落了个"顽石"称号。

---

　　① 　本书所有《西游记》原文引自：吴承恩，《西游记》，人民文学出版社，2010 年版。
　　② 　本书所有《红楼梦》原文引自：曹雪芹，《红楼梦》，人民文学出版社，2008 年版。

与《红楼梦》的这块顽石相比，《西游记》的这块石头小巧了很多，它有"三丈六尺五寸高，有二丈四尺围圆"。所谓英雄莫论出处，浓缩的才是精华，这石头可没有自怨自艾，也没有等别人来提携，而是"每受天真地秀，日精月华，感之既久，遂有通灵之意"。看到"通灵"二字没？《红楼梦》里的那块石头被称为"通灵宝玉"，其实真正的通灵石头在这儿呢，《西游记》里的这块石头最终得了个"仙石"的美称。

这石头和石头的差距还能再大点吗？

能！

无才去补天的顽石，不去想修身炼道，却动了凡心，要到"那富贵场中、温柔乡里受享几年"，它好话说尽，才被一僧一道化成一块玉石，却也只是"亲就臭皮囊"，在温柔富贵乡里被"声色货利所迷"，愧对了"通灵宝玉"之名。连度化它的僧道都说："天不拘兮地不羁，心头无喜亦无悲；却因锻炼通灵后，便向人间觅是非。"

《西游记》的仙石因感日月精华，孕育了仙胞，化作石猴，石猴受天地孕育之恩，一生下来就拜了四方天地，"目运两道金光，射冲斗府"，连天上的玉帝都被惊动了。之后与众猴在花果山水帘洞里享乐天真，却还能居安思危，离岸登筏，远渡重洋去寻师学艺。

外出寻师问道的石猴，到了人世繁华的南赡部洲，见世人都是名利之徒，便重又漂洋过海，不怕狼虫，不惧虎豹，这番诚意最终打动了菩提祖师，收他为徒。这境界，可比那个只是"亲就臭皮囊"的通灵玉高了不是一点儿半点儿呀!

学艺归来的石猴有了通身的本领,成就了猴生赢家。可惜的是,他已经不经意间沾染了太多的烟火气,已然忘却了外出求学的初心。石猴在离开花果山时对众猴说:"我明日就辞汝等下山,云游海角,远涉天涯,务必访此三者,学一个不老长生,常躲过阎君之难。"

外出二十载,石猴学得了七十二般变化,学得了腾云驾雾,却忘记了曾要学不老长生之术的初心。他有通天的本领,但阎王的生死簿上仍记载着他的名字:"乃天产石猴,该寿三百四十二岁,善终。"他凭着自己的神通大闹地府,勾销了生死簿,已然"跳出三界外,不在五行中"了,躲过了阎君之难,却又不再满足于东胜神洲花果山的欢乐年华,一心要到天上去为官做宰,到了天上,玉帝封他一个"弼马温",他又嫌官帽太小返回人间。再次上天如愿做了"齐天大圣",又嫌弃有官无禄,大闹天宫后被压五行山,终是改变了自己的生命轨迹,真可谓是"因嫌纱帽小,致使锁枷扛"!

《红楼梦》里的顽石究竟到头一梦,万境归空,经历了沉酣一梦后最终会回到大荒山无稽崖,如果顽石没有忘记它的初心的话,它应该算求仁得仁了,至少它到红尘中走一遭的心愿实现了。

但是,《西游记》里的那个石头呢?五行山下刑满释放的"石猴",护送唐僧走完十万八千里取经之路的"齐天大圣",为佛道两界立下汗马功劳的"斗战圣佛",他还有机会再回东胜神洲花果山

吗？他还愿意再回花果山吗？

所以呀，人最盼望的是走出去，最怕的却也是走出去，出走半生归来还是那个少年，古往今来，能有几人呢？

猴子，你到底叫什么？

大家都知道孙悟空就是孙猴子，可是，除了孙猴子外，他还有石猴、妖猴、泼猴、神猴等诸多叫法。不过，这些名称可不是随便乱叫的。

从石头里蹦出来的猴子，当然叫石猴。而孕育这个石猴的石头可不是一般的石头，那乃是东胜神洲傲来国花果山正当顶上的一块仙石。

先说东胜神洲，如来说这里"敬天礼地，心爽气平"，再说那花果山，书中说此山"乃十洲之祖脉，三岛之来龙，自开清浊而立，鸿蒙判后而成"。在这里吸收天地之精华的仙石孕育的当然是仙胞。

1986版电视剧《西游记》第一集的猴王出世镜头太经典，搞得我们很多人都认为猴子出世真的是惊天又动地。事实上，猴子出世很简单，就是山上有一块仙石，"内育仙胞，一日迸裂，产一石卵，似圆球样大。因见风，化作一个石猴"。不仅没有惊天地，而且猴子还学爬学走，拜了四方，对天地是相当敬畏。真正惊动天宫的是猴子那两道自带金光的眼睛，"目运两道金光，射冲斗府"。仙石孕

育的仙胞,这时候叫他一声仙猴,也不为过。

自带仙体出生的仙猴,因"如今服饵水食,金光将潜息矣",两眼的金光没了,自此它也就成了肉体凡胎,完全是一个从石头缝里蹦出来的石猴了。

学得一身本领归来的石猴成仙得道了,东海龙王和十代冥王在他面前都叫他"上仙",可是去玉帝那里告状时,冥王上表明确写着"今有花果山水帘洞天产妖猴孙悟空,逞恶行凶,不服拘唤","妖猴"的称呼第一次就是在这里出现的。

同样是向玉帝告状,龙王的上表很有意思,写着"近因花果山生、水帘洞住妖仙孙悟空者,欺虐小龙,强坐水宅,索兵器,施法施威",龙王使用的字眼是"妖仙",到底是妖还是仙呢?

更有意思的是,孙悟空跟着太白金星第一次上天见玉帝,玉帝问:"哪个是妖仙?"悟空躬身答应道:"老孙便是。"从玉帝直接称呼,悟空坦然回答可见,"妖"在这里并不是我们常认为的贬义词,它在这里应该另有含义。

大闹天宫时孙猴子与如来斗法打赌,如来对他说:"我与你打个赌赛:你若有本事,一筋斗打出我这右手掌中,算你赢,再不用动刀兵苦争战,就请玉帝到西方居住,把天宫让你;若不能打出手掌,你还下界为妖,再修几劫,却来争吵。"也就是说,下界就是妖,上天则不是。龙王上表的妖仙也好,冥王上表的妖猴也罢,都是对孙悟空在下界的身份称呼。如果不想再做妖,那就得上天。

孙悟空跟着太白金星第一次上天时就被南天门的门卫挡在门外，太白金星说："你自来未曾到此天堂，却又无名，众天丁又与你素不相识，他怎肯放你擅入？等如今见了天尊，授了仙箓，注了官名，向后随你出入，谁复挡也？"原来上天不是那么随意的，必须籍名在箓，受封一个官职，用我们今天的话来说，就是得进编。

在天上进编可不是件容易的事，天上的神仙都是长生不老的，进了编，不仅是铁饭碗，还是永恒的铁饭碗。前辈们不死不休，编制名额如果有限的话，后辈们进编自然就非常困难。所以在仙界比的不是个人修行和能力，而是谁能进编。修行只能是提升个人在下界办事的能力，进不了编，即使上得了天，你也成不了仙。

按说猴子运气挺好的，一上天就进了编，虽说弼马温职位小了点，可那也是进编了呀，你焉知天上的神仙不是几经深造，经过千年万万年万万年才被提拔的呀！再说了，那马可是古代出行的主要代步工具，御马监相当于我们今天单位里掌管所有公务车辆的办公室主任，放在今天那也是多少精英分子削尖了脑袋挤断多少独木桥才能争得的职位，就这你猴子还嫌官帽小，真是不知天高地厚。所以，玉帝很生气，后果很严重："朕遣天兵，擒拿此怪。"

好好的有编制的神仙你不做，你要下界做妖？我让你妖都做不成，你就是个妖怪！

在下界的修行者，即便上不了天进不了编，那也是品行端正的妖仙，可妖怪就不一样了，这是对品行不端者的一种贬称，比如调

戏嫦娥被投入猪圈里的天蓬元帅,玩忽职守被开除公职占据流沙河的卷帘大将,以及取经路上一众为非作歹的妖魔。这孙猴子是不懂礼节,不识抬举,一下子就从天上有编制的仙变成了下界品行不端的怪了。

可是,猴子到底是不是怪,菩萨、如来都是很清楚的,在降伏猴子的过程中也没把猴子当妖怪看,一直称呼的都是妖猴。猴子最终加入唐僧取经团,看似是被菩萨收服,其实是没有选择的选择。在玉帝这里丢了职务,失了编制,连基本的政治权利都被剥夺了,而如来那里重金聘请,又许他锦绣前程,猴子为什么不接受呢?

然而,对于民间的老百姓来说,这都没有区分的意义。五行山下的老者只知道"我曾记得祖公公说,此山乃从天降下,就压了一个神猴"。在老百姓眼里,有编制没编制,品行端不端,能力大不大,只要从天上下来的,那都得称其为"神猴"。

加入取经团后的猴子又有了编制,只是换了一份工作而已。没人再叫他妖猴,至于他顽劣的本性难移,那最多也就骂他一句"泼猴"而已。

假作真时真亦假

很多人看《西游记》，总有一个疑问，为什么大闹天宫的悟空无人能敌，保唐僧后的悟空却怂到打不过一些神仙的坐骑？难道悟空不是原来那个悟空了吗？

这个，还真不是没有可能！

第六回李天王率十万天兵大战孙悟空时，菩萨向玉帝举荐了二郎神。

关于二郎神的身份，这一回说，他是玉帝的外甥，即玉帝妹妹之子，二郎神的母亲思凡下界生了二郎神，后被玉帝贬谪桃山，最终是二郎神用斧劈开桃山，救出其母，却也因此与舅舅玉帝闹了过结。此时的二郎神和玉帝关系还尚未缓和，所以菩萨才会说他："听调不听宣。"所谓听调不听宣，其实就是二郎神这个官二代和玉帝闹的一场小情绪。他救母的行为是违反了天条，但是毕竟他舅是玉帝呀，让他先居灌江口，找机会再提拔吧。

这不，机会来了，猴子大闹天宫，天兵天将拿他不住，这上阵还是得父子兵，玉帝自然不会忘记把这么好的机会留给自己的亲外

11

甥，而且对于二郎神来说这也是一次极好的表现机会。因此，二郎神听到调令才会大喜道："天使请回，吾当就去拔刀相助也。"捉住了悟空，一向孤高自许、听调不听宣的二郎神却随同李天王到天上面见玉帝回旨了，结果嘛，功肯定有，赏也不会缺。

如果你认为二郎神的故事就这么简单，那你就错了，二郎神为玉帝做的可不只这么点儿。

二郎神上天见玉帝时，让他的兄弟们"率众在此搜山，搜净之后，仍回灌口"。他的兄弟们对花果山都做了什么呢？

第二十八回孙悟空被唐僧赶出取经团，当他赶回花果山时，看到的是这番景象："那山上花草俱无，烟霞尽绝；峰岩倒塌，林树焦枯。"而且书中明确交代原因："只因他闹了天宫，拿上界去，此山被显圣二郎神，率领那梅山七弟兄，放火烧坏了。"曾经花果山上四万七千群猴，"被二郎菩萨点上火，烧杀了大半"。这是赶尽杀绝啊，伤心欲绝的悟空说："可恨二郎将我灭，堪嗔小圣把人欺。行凶掘你先灵墓，无干破尔祖坟基。"都骂出挖祖坟的话来了，可见悟空对二郎神应该有多恨！

然而，取经取到第六十三回，悟空和八戒在斗九头虫之时，巧遇二郎神及其七兄弟，悟空对八戒说："内有显圣大哥，我曾受他降伏，不好见他。"

一则怪哉，此时的悟空竟然称二郎神显圣大哥，好像之前烧绝花果山的往事不用再提了，几千猴儿的生命也都无所谓了！随后

二郎神的兄弟们来请悟空时也说:"孙悟空哥哥,大哥有请"。这孙悟空什么时候和二郎神兄友弟恭了?

二则怪哉,悟空说他曾被二郎神降伏? 书中唯一一次悟空与二郎神的打斗就是大闹天宫这一段,那二郎神虽说甚是有手段,可是他和他的七兄弟外加上哮天犬,也只是和悟空打斗半天未分胜负,最后捉住悟空,还是因为太上老君作弊助攻。从来不服天不服地的悟空此时却只服二郎神,自称曾被二郎神降伏,此话又从何说起呢?

唯一的解释就是:第六十三回的悟空已经不是大闹天宫的悟空了!

大闹天宫的悟空在和二郎神打斗时说过:"我行要骂你几声,曾奈无甚冤仇;待要打你一棒,可惜了你的性命。"没冤仇时孙悟空对二郎神不能骂不能打,那若有冤仇呢? 捉住悟空后,二郎神让他的兄弟们在花果山放火烧山,赶尽杀绝,图的是什么呢? 猜想此时的二郎神应该没想到孙悟空还能活下来,毁山灭迹可以为玉帝永除后患,这才是他在玉帝面前最大的功绩。

可是神算不如天算,一切都被太上老君的炼丹炉打乱了,为了维护秩序,如来急急带着他的"维和部队"来捉住了孙悟空,将他压在了五行山下,又引导他保唐僧取经,进入佛界体制,还许他未来前程。对此玉帝能容忍吗? 二郎神能容忍吗? 刑满释放又会成佛的孙悟空将来真的会一笑泯恩仇吗? 大家心里都清楚:在江湖上混的，迟早都是要还的！

真假美猴王里的假悟空六耳猕猴来历不明，莫名其妙怎么就突然冒出个这么厉害的猴子？翻遍全书，唯一觉得可疑的就在这二郎神身上，那二郎神一定真的降伏过一个猴子，也一定悉心培植过一个猴子，只是，这个猴子肯定不是大闹天宫的猴子，不是花果山的美猴王，而是第六十三回出现的孙猴子！

只有这样，才能解释：为什么明明已经烧毁的花果山却在真假美猴王一篇里出现了欣欣向荣的景象；为什么真假美猴王之后，只隔了一个火焰山就那么巧遇到了二郎神；为什么二郎神再见悟空时，会说"感故旧之情"，他和真悟空之间除了血海深仇外，还有什么故旧之情？他对假悟空才是再造之恩！

那么真的孙悟空去哪儿了呢？

花果山的血海深仇还在，蟠桃园七仙女那笔糊涂账还没算，五百年的五行山有期徒刑还记忆犹新，若是他日再会，真的能一笑泯恩仇吗？成佛后的悟空如果再来一次"皇帝轮流坐，明年到我家"，谁又来降伏他？如果真悟空活下来，天上诸神能让悟空顺利保唐僧完成任务成仙成佛吗？所以，真假美猴王一起闹到如来面前时，孰重孰轻，如来能想明白的吧?!

可见，真假美猴王之后，二郎神还是那个二郎神，猴子已经不是原来的那个猴子了。不过，真悟空怎样，假悟空又怎样？关键是假作真时真亦假！

　　从此大家一派和谐啦,悟空和天宫完全没有芥蒂了,降了犀牛怪后还会想着把犀牛角进贡给玉帝。天宫也不再为难悟空,悟空到天上想借兵就借兵,想告状就告状。他的金箍棒之前见到妖怪就打,之后见到妖怪,总是先打探"你是何方妖怪",还会亲自到天上询问看谁家走失了座驾等,怕的就是伤了和气。

谁是取经团里最淡定的人?

取经途中妖魔横行,山遥路远,困难重重,悟空神通广大,却总是遇到妖怪就急红了眼;八戒看到困难就退缩,动不动就吵着要解散取经团;唯独沙僧非常淡定,他不争不抢,不吵不怨,大家上路他就上路,大家休息他就休息,不多言不多语,相安时存在感很低,遇事时淡定从容,沙僧的这份淡定从何而来呢?

书中沙僧第一次出场是第八回,菩萨奉如来旨意寻找取经人,途经流沙河,沙僧向菩萨诉说了自己的可怜境遇。到这里我们才第一次认识沙僧,知道他曾经是玉帝跟前的卷帘大将,因蟠桃会上失手打破了玻璃盏,被贬下界。

书中的沙僧可比1986版电视剧里的沙僧可怜多了,他不仅被贬下界,还要承受七天一次的飞剑穿胸之刑!沙僧好歹是"灵霄殿下侍銮舆的卷帘大将",算是玉帝的御前侍卫,不就是失手打破了一个玻璃玩意吗,为什么被贬下界还不行,还要每七天就承受一次酷刑?玉帝为什么这么恨沙僧?

分析玉帝的心思,可能有两种原因:

　　第一种原因是沙僧打破的玻璃盏为玉帝至爱，玉帝怒火中烧拿沙僧出气。这个观点有点牵强，从沙僧那种谨小慎微的性格看，他犯这么大的错误一定是十分偶然的，即便真犯了，打落凡间革除公职也就罢了，还要沙僧在凡间承受如此大的惩罚，玉帝对得起他"大慈仁者玉皇大帝尊"的称号吗？

　　第二种原因是玉帝和沙僧联手演的一场苦肉计，为的就是破坏取经工程。这取经工程实际上就是以如来为代表的佛界在和玉帝为代表的道界争抢地盘。第十一回唐太宗要修建佛事时，就在朝中引发了一场佛界与道界的争论，太史丞傅奕说得明白，佛法进入奉行道法的大唐，"实乃夷犯中国"。可是最后辩论的结果是道派输了，这在天上就代表着玉帝输了。大唐还要派人去西天取经，玉帝的卧榻之侧岂能容他人酣睡？

　　而且要注意的是，在唐太宗开水路大会之前，佛界已经传入大唐，唐太宗榜行天下，就有官员推选高僧，说明在此之前佛界已经进入此地，只是影响不够大而已，在此之前也已经有数位高僧前往西天取经，只是，碍着如来帮忙收服孙猴子的人情，玉帝不好当面与如来撕破脸皮，只能派自己的心腹出头。（沙僧是玉帝的御前侍卫，算得上心腹了），到下界阻挠取经工程，所谓那七天一次的酷刑，也就成了玉帝与沙僧演给佛界看的一场戏而已。

　　话说这沙僧任务完成得也很漂亮，占据着取经团必经之路的流沙河守株待兔，等到一个吃掉一个，"向来有几次取经人来，都被

我吃了"，还把这取经人的骷髅串在一起当项链带，这就是向佛界示威啊！

这如来也不傻呀，这点伎俩我看不透吗？看来必须派个人物去摆平！

派谁去既能不伤和气又能成事呢？观音菩萨！如来对观音说的是："别个是也去不得，须是观音尊者，神通广大，方可去得。"若论神通广大，如来手下能人多了去了，为啥非观音不可呢？这就牵扯到前面菩萨曾在玉帝那里保举了二郎神，让他们甥舅二人重归于好。那玉帝可是欠了菩萨一个大大的人情啊！

菩萨对悟空说的是"入我佛门，再修正果"，对八戒的承诺是"往西天走一遭来，将功折罪，管教你脱离灾瘴"，承诺二人的都是将来会给他们重新安排去处和职位。但他见到沙僧时承诺的是"那时节功成免罪，复你本职"。复本职那可是重回玉帝跟前当差，这个菩萨也能说了算？而从接下来沙僧的表现来看，他知道菩萨在玉帝面前是有这个面子的，这也是如来说非菩萨去不可的原因！

所以，对于沙僧来说，加入取经团完成任务才是关键，什么修正果，什么打妖怪，这些都和他没有关系，天塌下来了有高个子顶着。你看在收沙僧那一回，沙僧能和八戒大战那么多回合，就表明沙僧功夫是很厉害的，不厉害也当不了玉帝的御前侍卫，可是在取经途中我们看到的却是一个出工不出力的沙僧，打妖怪是悟空的事，帮悟空打妖怪是八戒的事，而看护好唐僧，走完这条路，以后找菩萨兑现诺言那才是我沙僧的事！

　　而且就是看护唐僧这一件事，沙僧还看不好。看不好也没关系，如果唐僧真的死了，取经团解散了，那他直接就完成了玉帝的任务，官复原职这件事，可能都不需要菩萨出面就能成呢。

　　取经团的前途和他有什么关系？唐僧的生死和他有什么关系？人之所以淡定，那是需要有底气的！

　　还有人说这沙僧有苦劳，你看那沙僧一路就干着最苦最累的活——挑担子。悟空最清闲，在前面一路小跑，八戒牵着马大摇大摆走着，就沙僧挑着那么重的行李，人家多实在呀！可是事实真是这样吗？你确定不是被电视剧给骗了？

　　在取经成功后如来论功行赏时，对八戒说的是"因汝挑担有功，加升汝职正果"，对沙僧说的是"登山牵马有功，加升大职正果"。注意挑担的是八戒，那个牵马的是沙僧，人家沙僧才没你们想的那么笨呢！

悟空为什么辨不出真假唐僧？

悟空在太上老君的八卦炉里练就了一双"火眼金睛"，"白日里常看得千里路上的吉凶"，遇到妖魔鬼怪的变化，全凭这双眼睛辨别真假。但是，在第三十九回孙悟空却辨认不了青毛狮变化的唐僧，一棒差点把真唐僧打成肉酱，这又是为什么呢？

首先，必须说明的一点是，悟空的火眼金睛是真的有识别真假的功能，只要悟空稍微认真看一下就能辨认出来。

第二十三回"四圣试禅心"里，悟空"急抬头举目而看，果见那半空中庆云笼罩，瑞霭遮盈。情知定是佛仙点化，他却不敢泄漏天机"，第二十七回，白骨精变化的村姑欺骗唐僧等人，悟空摘桃回来，"睁火眼金睛观看，认得那女子是个妖精，放下钵盂，掣铁棒，当头就打"；第三十三回，银角大王变作道士欺骗唐僧，悟空也是很轻易就认出来是妖魔所变。

在这些妖怪的变化中，除了六耳猕猴是猴子变猴子，悟空没看出是何妖怪外，悟空没能认出来的，只有牛魔王变化的猪八戒。那并不是悟空认不出来牛魔王的变化，而是悟空过于疏忽大意所致。

21

连牛魔王都知道是"料猢狲以得意为喜,必不详细提防"。果然悟空太得意忘形了,根本就没有正眼看一下牛魔王变化的八戒,用悟空自己的话说,就是"逐年家打雁,今却被小雁儿鹐了眼睛"。

可见,悟空的火眼金睛确实有识别妖怪的功能,只要他稍加留意一下,就能识别出来。但是,在乌鸡国青毛狮变的唐僧面前,悟空可是认认真真、仔仔细细地看了又看,那青毛狮并没什么特别高明的法力,与悟空战了几个回合就逃走了,他变的唐僧,悟空怎么就认不出来了呢?

唯一合理的解释就是:悟空揣着明白装糊涂,他打的就是真唐僧!

悟空和唐僧之间的矛盾不是一天两天了,集中爆发是白骨精一难,悟空被唐僧赶出取经队伍,悟空归队并不意味着师徒二人和解了,唐僧和八戒依旧是同一战队,在乌鸡国这一回,悟空想半夜叫醒八戒去井里背尸,都得提前给唐僧打招呼:"老孙的计已成了。只是干碍着你老人家有些儿护短""八戒生得夯,你有些儿偏向他。"待把乌鸡国国王尸体背出井后,八戒只是信口开河说只有唐僧念紧箍儿咒,悟空才有办法救人。那唐僧真个"就念《紧箍儿咒》,勒得那猴子眼胀头疼"。

悟空说唐僧偏心八戒是一点也没有错,悟空真凭实据地讲话,唐僧不信,猪八戒信口开河地一说,唐僧就信以为真。悟空心里确实不爽。不爽的结果就是面对法力并不高明的青狮精变成的唐

僧,悟空我就是认不得!

当然,悟空不可能真的对唐僧下毒手,且看他在打唐僧之前,特意"捻诀念声咒语,叫那护法诸天、六丁六甲、五方揭谛、四值功曹、一十八位护驾伽蓝、当坊土地、本境山神道:'老孙至此降妖,妖魔变作我师父,气体相同,实难辨认。汝等暗中知会者,请师父上殿,让我擒魔'"。既然这些保护神能知道谁是真唐僧,那直接告诉他不就完了? 悟空的心思,恐怕这些保镖们也是心知肚明的。

除了这些暗中保镖外,还有一个看得明白的,就是猪八戒。八戒"在旁冷笑",并建言:"叫我师父念念那话儿,我与沙僧各搀一个听着。若不会念的,必是妖怪。"平时一直都很呆的八戒这次真是出了一个很聪明又很恶毒的主意,妖怪不会念紧箍儿咒是一定的,而唐僧念动紧箍咒,受苦的是悟空也是一定的,为了少受点苦,悟空很快就能认出真妖怪也当然是一定的。

所以,不要怀疑悟空的火眼金睛,他也就是耍耍泼皮,撒撒闷气,吓唬吓唬领导而已。

悟空对唐僧到底有多重要?

悟空对取经团和取经大业的重要性是毋庸置疑的,连肉眼凡胎的我们都看出来了,难道如来弟子转世的唐僧看不出来吗? 那唐僧为什么要几次三番赶走悟空呢? 在回答这个问题时,我们其实可以换一个角度思考,那就是悟空对唐僧到底有多重要?

悟空对唐僧到底有多重要,首先来看看,如果没有悟空,唐僧会不会有生命危险?

取经途中磨难重重,唐僧肉的功效传言又让唐僧成为妖家必争之物,悟空等三个徒弟总是被称为是"保唐僧西去取经"的,似乎保唐僧只有这三个徒弟保镖。其实唐僧的护身是很多很多的。在收悟空之前,唐僧在双叉岭差点被牛精、虎精、熊精吃掉时,就有太白金星现身搭救他。

第十五回,鹰愁涧里的小白龙吃了唐僧的白马,悟空要去寻妖,唐僧担心自我安危而哭泣,这时众神高声叫道:"孙大圣莫恼,唐御弟休哭。我等是观音菩萨差来的一路神祇,特来暗中保取经者。"悟空问他们都是哪几个,众神道:"我等是六丁六甲、五方揭

24

谛、四值功曹、一十八位护驾伽蓝,各各轮流值日听候。"悟空又问当日谁值班,众揭谛道:"丁甲、功曹、伽蓝轮次。我五方揭谛,惟金头揭谛昼夜不离左右。"

由此可知,在取经途中,除了悟空、八戒和沙僧外,唐僧还有如此众多的保镖轮流值班保护,每天都有神将昼夜不离左右,而且这些都是当着唐僧面说的。第十六回悟空要去黑风山找袈裟时也对唐僧说"暗中自有神灵保护",所以唐僧深知自己保镖重重,他根本不用担心自己有生命危险。换句话说,就算没有悟空,也许西天到不了,但是唐僧是不会死的!

没有悟空,唐僧不会死;有了悟空,唐僧会怎么样呢?

除了在观音院丢袈裟这件事是纯悟空惹出来的麻烦外,悟空给唐僧带来的最大麻烦就是杀人。在西天取经大业中,一路降妖除魔是功绩,哪怕打死的是诸如牛魔王小老婆这种路人妖也是功绩,而如果打死一个凡人,哪怕是杀人放火的强盗也算是罪孽。因此第五十七回观音菩萨就教育悟空:"比那妖禽怪兽、鬼魅精魔不同。那个打死,是你的功绩;这人身打死,还是你的不仁。"因此悟空降妖的功彰里有悟空的一半也有唐僧的一半,而悟空造孽的罪状中也当然有你的一半也有他的一半。

唐僧第一次赶悟空走,是在第十四回悟空打死了六个拦路抢劫的强盗之时,唐僧对悟空除了一番慈悲为怀的说教之外,还有这么一番话:"早还是山野中无人查考;若到城市,倘有人一时冲撞了你，你也行凶，执着棍子乱打伤人，我可做得白客，怎能脱身？"这已经明明白白说了，杀人如果惹出官司，人虽是悟空杀的，但会连累唐僧脱不了身。

第二十七回，孙悟空打死白骨精变化的一家三口，唐僧的说辞几乎与上次完全一致："你在这荒郊野外，一连打死三人，还是无人检举，没有对头；倘到城市之中，人烟凑集之处，你拿了那哭丧棒，一时不知好歹，乱打起人来，撞出大祸，教我怎的脱身？你回去罢！"又是一句怎的脱身，与悟空打死的是人是妖之真相相比，唐僧似乎更在乎悟空闯祸了，让他怎么脱身。事实上，在悟空走后，他确实困在宝象国无法脱身，当悟空来救他脱身时，他根本没有计较悟空的杀人罪行，他自始至终也没有搞清楚悟空打死的白骨精到底是人还是妖。

第五十六回悟空再次打死了人，而且的的确确是两个凡人。唐僧的行为颇具玩味，唐僧先给死人焚香祷告："你到森罗殿下兴词，倒树寻根，他姓孙，我姓陈，各居异姓。冤有头，债有主，切莫告我取经僧人。"这就是撇清，先让自己脱身，悟空真是出力不讨好。还是当局者迷旁观者清，就在这回里，取经团在杨老施主家里借宿时，得知杨老的儿子是杀人放火的强盗时，悟空还劝杨老："老官儿，似这等不良不肖、奸盗邪淫之子，连累父母，要他何用！"他却没有想到，这句话换作唐僧，大概也可以这么说："似你这等不良不肖之徒，连累师父，要你何用！"不同的是，杨老只有这一个儿子，哪怕

是不肖子,杨老也要留他养老送终,但是唐僧可不一样,唐僧身边可不缺你这一个徒弟。

聪明一世糊涂一时的悟空最终也不知道自己错在哪里,如果他能早点反省自己的行为,看到自己的行为对唐僧造成的伤害,也许唐僧还能网开一面。相反,悟空不仅不反省还一再地强调自己对唐僧的重要性和对取经大业的重要性,最终还是"我是有处过日子的,只怕你无我去不得西天"这句话彻底惹怒了唐僧:"你这猢狲杀生害命,连累了我多少,如今实不要你了!"唐僧说得再明白不过了,可是悟空到此时还在高估自己在唐僧心中的分量。

悟空啊悟空,你应该明白:没有你,唐僧也许真的完成不了取经大业,但是有了你,唐僧取了真经也成不了正果。

悟空三番五次被赶走,却又三番五次被请回,除了取经团确实需要悟空外,更重要的是,悟空的背后站着菩萨,她才是取经大业的大 BOSS。

所以,如果你的身后没有更大的 BOSS,请不要随便过高地估量自己的重要性,也许你对单位很重要,对领导却未必!

取经团真的爱多管闲事吗？

取经团能在祭赛国追查金光寺和尚们的冤案，凭借的线索是扫塔时遇上的奔波儿灞和灞波儿奔两个小妖。两个小妖之所以会出现在塔顶，是因为碧波潭"近日闻得有个孙悟空往西天取经，说他神通广大，沿路上专一寻人的不是，所以这些时常差我等来此巡拦。若还有那孙悟空到时，好准备也。"随后的事实证明，碧波潭这次真的是情报有误，正是差遣巡拦的这两个小妖坏了大事，让取经团顺藤摸瓜找到了碧波潭。

碧波潭收到情报，得知取经团行踪，情报中却认为孙悟空"沿路上专一寻人的不是"，这一情报从哪里来的呢？大概来源于两处：一是来源于火焰山的牛魔王，二是来源于乌鸡国的井龙王。

第一种可能是：牛魔王的悲剧误导了碧波潭。

祭赛国的前一难就是火焰山，第六十回孙悟空与牛魔王正酣战时，山峰上有人叫道："牛爷爷，我大王多多拜上，幸赐早临，好安座也。"后来孙悟空跟踪得知，牛魔王去的正是乱石山碧波潭。可以看出碧波潭与牛魔王早有交情，那么牛魔王被剿杀后，碧波潭一

定会从牛魔王的遭遇得知取经团"专寻人的不是"。如果这样,那碧波潭对老牛一家实在太不了解了。他们差人去积雷山找牛魔王,大概和老牛翠云山的大老婆联系不多,并不清楚取经团为什么要寻老牛一家的麻烦。很可能在碧波潭看来,老牛一家不吃唐僧不阻取经团,却最终被取经团剿灭,取经团真真是"专寻人的不是"。

第二种可能就是:乌鸡国井龙王传递的情报误导了碧波潭。

第三十八回,猪八戒到见到井龙王向他要宝贝时,井龙王就答:"可怜,我这里怎么得个宝贝! 比不得那江、河、淮、济的龙王,飞腾变化,便有宝贝。我久困于此,日月且不能长见,宝贝果何自而来也?"从这里可以看出,井龙王虽然久困井底,但是他还是知道江河淮济的龙王是有宝贝的,他虽不能常见日月,但在水底见龙家族人员的机会应该还是有的。所以猜测他与碧波潭的龙王应该会有信息往来,而取经团在乌鸡国的行为,正是取经团一路上唯一一次"多管闲事"的行为,乌鸡国的狮子国王并没有主动招惹取经团,他与孙悟空打斗时说的话正是:"孙行者,你好惫懒! 我来占别人的帝位,与你无干,你怎么来抱不平,泄漏我的机密!"想想这句话,与碧波潭的"近日闻得有个孙悟空往西天取经,说他神通广大,沿路上专一寻人的不是"信息真是太相似了。所以很可能碧波潭的情报就是从乌鸡国井龙王处得到的。

不论是哪种猜测,都只说明碧波潭的情报太不准确了。看看取经团一路的降妖除怪,有想吃唐僧肉的妖怪,有干扰要嫁给唐僧的妖怪,也有暴力不合作拦路的妖怪,甚至有搂草打兔子惨死的路人甲妖怪,但是能让取经团主动寻不是上门的,从书中看也只有乌鸡国这一难而已,而且此难中,那个冤死的真国王还不是直接找爱管闲事的孙悟空,而是找能做决策的团长唐僧。

第三十七回,唐僧梦中遇见乌鸡国真国王,那国王说:"师父啊,我这一点冤魂,怎敢上你的门来?山前有那护法诸天、六丁六甲、五方揭谛、四值功曹、一十八位护教伽蓝,紧随鞍马。却才亏夜游神一阵神风,把我送将进来。他说我三年水灾该满,着我来拜谒师父。他说你手下有一个大徒弟,是齐天大圣,极能斩怪降魔。今来志心拜恳,千乞到我国中,拿住妖魔,辨明邪正。朕当结草衔环,报酬师恩也!"那国王明知道唐僧身边有重重保镖,明知道真正降妖除魔的是唐僧的大徒弟,却不去找悟空,而要破千险来拜谒唐僧,这正是国王的聪明之处,夜游神在送他进来时,应该也告知了他取经团的真实情况,虽然爱管闲事的是孙悟空,可是取经团的中心任务是取经,取经团的决策权在唐僧手中,唐僧恰恰是那个最不爱管闲事的人。

观音庙及黑风山的黑熊精,高老庄的猪八戒,应该说都是爱管闲事的悟空招揽的,不过那时唐僧只有这么一个爱管闲事的徒弟,虽然内心不满,也只能唠叨两句,随他去吧。流沙河时,唐僧明知道水里有妖怪,心里想的也只是如何渡河而已,不过这也算唐僧因

祸得福,在此又收了个徒弟。

万寿山五庄观那里,唐僧明知道悟空推倒了人家的人参果树是大错特错,他想的也不是教育徒弟赔礼道歉承担责任,而是如何在镇元大仙回来之前逃跑,能逃就逃,只是最后没逃得了而已。

通天河陈家庄那里,唐僧明知道那妖怪逃回了通天河,但是看到通天河水冻起来了,就赶紧催促徒弟们上路西去,至于他们走后,那个金鱼精是否还回来是否在陈家庄享用童男童女,就不是唐僧关心的事情了。

第五十六回唐僧被诸多草寇围困,他即便吃了那些强盗的苦,可为了取经大业仍只顾赶路,他是有徒弟保护可以脱身,而那些可能长期受强盗蹂躏的普通凡人百姓的生活呢? 这些并不是唐僧所考虑的事。而且在此回最爱管闲事的悟空还被取经团孤立了,连八戒和沙僧都指责悟空:"师兄,莫管闲事,你我不是官府。他家不肖,与我何干! 且告施主,见赐一束草儿,在那厢打铺睡觉,天明走路。"所以取经团里大家都以赶路要紧,唯一爱多管闲事的悟空在这一回因多管闲事还被赶出了团队。

取经团不是悟空一个人的团队,只有一个爱多管闲事的孙悟空又能如何? 金光寺的国宝都丢了三年了,三年来都毫无线索,如果碧波潭能够继续按兵不动,能继续韬光养晦,能继续隐藏身世,取经团怎么可能主动寻上门来? 说到底还不是吃了情报不准的亏啊。

唐僧肉到底该怎么吃？

唐僧肉到底该怎么吃才是正确的呢，全书大概提到了这几种吃法。

一、简单粗暴型

吃法：生吃。

必要用具：无

代表妖精：寅将军、白骨精、大蟒蛇

寅将军是西游世界里第一个捉住唐僧的妖怪，那时的唐僧刚刚离开大唐，身边还没收悟空、八戒等徒弟，别说寅将军已经是老虎成精，就是一只普通的老虎，也能把唐僧吃得骨头都不剩。可惜那时的寅将军消息闭塞，他不认识唐僧，也并不知道唐僧肉的功效，捉了唐僧和随从，按顺序先吃两个随从，以至于给唐僧逃走留下了时间。

"魔王领诺，即呼左右，将二从者剖腹剜心，剁碎其尸。将首级与心肝奉献二客，将四肢自食，其余骨肉，分给各妖。"从寅将军吃

两个随从的吃法可以看出,寅将军属于生吃类型的,不知道将来他知道唐僧肉的功效后,会不会感叹,曾经有一份长生肉摆在我的面前,而我没有先吃……

白骨精是全书明确写明第一个知道唐僧肉功效秘闻的妖精,她看到唐僧就不胜欢喜道:"造化!造化!几年家人都讲东土的唐和尚取'大乘',他本是金蝉子化身,十世修行的原体。有人吃他一块肉,长寿长生。"她变作村姑即将接近唐僧时被悟空识破,她自言说:"那唐僧已此不认得我,将要吃饭。若低头闻一闻儿,我就一把捞住,却不是我的人了。"白骨精是最草根的妖精,连一个手下和落脚的洞府也没有,她要吃唐僧,也只能一把捞住生吃了。

驼罗庄的大蟒蛇没有机会接近唐僧就被悟空和八戒打死了,但是从他的饮食习惯看,"见鸡鹅囫囵咽,遇男女夹活吞",他吃唐僧也一定是生吃活吞的。

点评:生吃唐僧肉的妖精一般以草根出身为主,生活尚处在温饱阶段,还远远谈不上提高生活质量,所以饮食习惯尚比较原始。

二、大众流行型

吃法:蒸吃。

必要用具:蒸笼

代表妖精:黄袍怪、金角、银角、红孩儿、小鼍龙、青牛、狮驼岭

的青狮和大象

第二十九回的唐僧被黄袍怪捉住后,对百花羞公主说:"如今要拿住我两个徒弟,一齐蒸吃哩";第三十四回,孙悟空变作金角银角的干娘问二妖请她来何事,金角就说道:"今早愚兄弟拿得东土唐僧,不敢擅吃,请母亲来献献生,好蒸与母亲吃了延寿";第四十一回红孩儿捉了唐僧后,着小妖打干净水刷洗,并着小妖去请牛魔王时交代说:"你与我星夜去请老大王来,说我这里捉唐僧蒸与他吃,寿延千纪";第四十三回小鼍龙捉了唐僧后,吩咐手下人:"小的们!快把铁笼抬出来,将这两个和尚囫囵蒸熟,具柬去请二舅爷来,与他暖寿";第五十回青牛精捉了唐僧后,也是说:"待我拿住他大徒弟,一发刷洗,却好凑灶蒸吃";第七十七回狮驼岭妖怪更是已经将唐僧师徒放入蒸笼里蒸了起来:"小的们,着五个打水,七个刷锅,十个烧火,二十个抬出铁笼来,把那四个和尚蒸熟,我兄弟们受用;各散一块儿与小的们吃,也教他个个长生。"

点评:好滋味,蒸出来。从美食专家的角度来说,蒸是最能保持食物原汁原味、保留食物营养的烹饪方式,所以采用这种吃法的妖精已经比较注重饮食的营养与健康。这类妖精,有出身较好(如黄袍怪)的公务员,有富二代(如红孩儿、小鼍龙),有高层领导助理(如金角、银角、青牛、青狮、大象),他们生活已然脱贫致富奔小康,有的甚至已经达到比较富裕的阶段,但可能是厨艺不精,也可能是阅历不够丰富,饮食方法比较单一。

三、资深吃货型

吃法：多种

必要用具：若干

代表妖精：大鹏、蜘蛛精

狮驼岭的青狮和大象还处在单一的蒸食阶段，但是他们的老三大鹏是绝对的吃货类型，第七十七回，他说出了西游世界里最详细的唐僧肉的吃法："此物比不得那愚夫俗子，拿了可以当饭；此是上邦稀奇之物，必须待天阴闲暇之时，拿他出来，整制精洁，猜枚行令，细吹细打的吃方可。"还告诉手下小妖们偃旗息鼓，不得呐喊筛锣，因为"唐僧禁不得恐吓，一吓就肉酸不中吃了"。以至于有很多人认为大鹏是吃过唐僧肉的，大鹏吃没吃过唐僧肉从书中不好判断，但是大鹏是吃过整整一个国家人口的。狮驼岭的小妖这样说："他原住处离此西下有四百里远近。那厢有座城，唤作狮驼国。他五百年前吃了这城国王及文武官僚，满城大小男女也尽被他吃了干净，因此上夺了他的江山。"吃了一个国家满城大小男女后总结出几条唐僧肉的吃法，其实并不算稀奇，可算是资深人肉吃货。

再者称得上资深吃货的是第七十二回的蜘蛛精们。从蜘蛛精给唐僧提供的食品看，蜘蛛姑娘们可不只是会蒸，她们给唐僧提供了"人油炒炼，人肉煎熬；熬得黑糊充作面筋样子，剜的人脑煎作豆腐块片"。可见蜘蛛精的厨艺比较了得,这也成就了她们资深吃货的名号。

点评:资深吃货的妖精,生活质量总体比较高,把饮食能做出多种特色,是物质文化水平提高的一个显著特征。

四、小资情调型

吃法:宴会吃。

必要用具:乐器

代表妖精:金鱼精

第四十八回,通天河的金鱼精在捉到唐僧后,要和他的鳜妹共享唐僧肉,吩咐小妖们:"小的们,抬过案桌,磨快刀来,把这和尚剖腹剜心,剥皮剐肉;一壁厢响动乐器,与贤妹共而食之,延寿长生也。"鳜妹又劝他等孙悟空等人不来吵闹时再吃,而且要"大王上坐,众眷族环列,吹弹歌舞,奉上大王,从容自在享用"。看看,同样是吃,人家那吃的不是唐僧肉,吃的是一种生活、一种情调。金鱼是观音姐姐的宠物,肯定没少参与观音姐姐的宴会,耳濡目染,能力虽一般,但小资生活情调倒是学到了不少。

点评:小资情调的妖精,一般有着良好的成长环境,比较注重生活质量,对生活氛围的要求比饮食本身更重要,充分显示其对美好生活的追求。

五、长寿养生型

吃法:煲汤。

必要用具:不详

代表妖精:白鹿精

第七十八回比丘国白鹿精的吃法是最特殊的,他要用唐僧的心肝煎汤,后来我们知道白鹿是南极老寿星的脚力,就不足为奇了。所谓"门里出身,自会三分",跟着寿星一起,长寿的方法自然是最了解的,从这个角度来看,煲汤真的是最养生的饮食方法。

点评:长寿养生型的白鹿精非常清楚自己的定位,能力、后台都不行的时候,拼寿命也许是一个不错的选择。

六、盲目跟风型

吃法:不详

必要用具:不详

代表妖精:黄风怪、花皮豹子精、蜈蚣精

第二十回的黄风大王,是最没主见的妖精,捉唐僧的方法听从先锋的,吃唐僧的方法也听从先锋的,先锋建议他等几天再吃唐僧,"一则图他身子干净,二来不动口舌,却不任我们心意? 或煮或蒸,或煎或炒,慢慢的自在受用不迟,"他就毫无保留地全盘接受了。

第七十三回的蜈蚣精给唐僧下毒了,竟然还打算要吃唐僧,他压根就没想过身中剧毒的唐僧肉还能吃吗?所以他也是盲目跟风吃唐僧,根本就没想过怎么吃。

第八十六回的南山大王花皮豹子精是最民主的,针对如何吃唐僧肉,竟然开起了研讨会,大家发起了一番热烈的讨论,有说"把唐僧拿出来,碎劁碎剁,把些大料煎了,香喷喷的大家吃一块儿,也得个延年长寿。"有人反对说:"莫说!莫说!还是蒸了吃的有味";还有人建议"煮了吃,还省柴";还有的说"着些盐儿腌腌,吃得长久"。讨论会开得热热闹闹,最后也没有定论,这也许是开讨论会最大的弊端了吧。

点评:盲目跟风型的妖精,就好比暴发户,原本只想摆脱贫困,没想到一下中了五百万,从前贫穷限制的想象力在金钱面前集中爆发了出来,最终也没想好怎么消化这块肥肉。

收集了这么多种唐僧肉的吃法,也没看到哪个妖精真的吃到唐僧肉!

敢问如来，路在何方？

在遇到强敌时，孙悟空一般是先到天庭搬救兵，再向菩萨求救，最后无奈才会找到如来，比如六耳猕猴和青牛精等。而在狮驼岭，孙悟空没去天庭，没找菩萨，直接就去找了如来，这是为什么？多年的扫黑经历告诉他，打妖还得看主人，悟空早就猜到这次妖怪的主人与如来有关。悟空就是要来问如来：这路我到底该怎么走？

太白报信：及早绕路

取经团进入狮驼岭地界，太白金星就来预报前方高能，但是太白金星报信又报得很奇怪，一方面他乔装改扮，忽隐忽现；另一方面又言语闪烁，语焉不详。他先是变作一老者"鬓蓬松，白发飘搔；须稀朗，银丝摆动；项挂一串数珠子，手持拐杖现龙头；远远地立在那山坡上高呼：'西进的长老，且暂住骅骝，紧兜玉勒。这山上有一伙妖魔，吃尽了阎浮世上人，不可前进！'"。这是向取经团预警前方有妖怪，你们别走了，绕路吧！

　　然后他又对孙悟空说："那妖精一封书到灵山,五百阿罗都来迎接;一纸简上天宫,十一大曜个个相钦。四海龙曾与他为友,八洞仙常与他作会。十地阎君以兄弟相称,社令、城隍以宾朋相爱。"这是向悟空预警前方有大妖怪,大妖怪有大后台,关系网可以覆盖到西方灵山如来那里,你们别走了,绕路吧!

　　再然后,等猪八戒来找他时,他说:"这和尚不知深浅!那三个魔头,神通广大得紧哩!他手下小妖,南岭上有五千,北岭上有五千;东路口有一万,西路口有一万;巡哨的有四五千,把门的也有一万;烧火的无数,打柴的也无数;共计算有四万七八千。这都是有名字带牌儿的,专在此吃人。"这是向八戒预警前方妖怪真的很厉害且数量极大,你们别走了,绕路吧!

　　绕了这么大的圈子,太白金星的报信就只集中在三点上:前方有妖怪,妖怪有后台,妖怪很厉害。至于妖怪什么来历,会什么本领,有什么武器,一概不说,而且从他闪烁其词和乔装改扮来看,太白既想帮助取经团,又怕惹祸上身。即便最后被孙悟空识破真身,也还是告诫悟空:"这魔头果是神通广大,势要峥嵘,只看你挪移变化,乖巧机谋,可便过去;如若怠慢些儿,其实难去。"

　　到底是什么来头的妖怪,让太白如此忌惮得欲语还休?悟空决定试探试探。

小钻风透底：悟空开路

太白的报信虽然没能吓住悟空，却也警示了悟空。为了摸清妖怪的底细，悟空决定好好打探一番，这才遇上了小钻风。

从小钻风嘴里，悟空打探出了狮驼岭的规模、管理制度和三个大王的本领，至于三个妖王的后台底细，小钻风是不知道的。所以在小钻风没有利用价值后，悟空"咬响钢牙，掣出铁棒，跳下高峰，把棍子往小妖头上砑了一砑，可怜，就砑得像一个肉陀！"打死小钻风之后，悟空又变作小钻风的样子进入狮驼洞，打破了二大王的阴阳二气瓶，大致摸清了狮驼岭的基本情况。虽然悟空此时仍不知道三妖王的底细，但是他已然知道太白所言不虚，此时的悟空即使不把妖怪的本领放在眼里，却也不敢不把妖怪的后台放在心上。

打死小钻风毫不留情的悟空，在面对三个妖王时，表现得却极为有耐心和仁慈。先是大大王青狮与悟空打赌，说实话，这三妖真是不按套路出牌，青狮明明说好了"让我尽力气着光头砍上三刀，就让你唐僧过去；假若禁不得，快送你唐僧来，与我做一顿下饭"！悟空也就耐着性子让他砍了又砍，谁想这魔头毫无信用，砍完三刀全不认账。

悟空被青狮吞入肚中，悟空在他肚里折腾，他们又向悟空求饶："万望大圣慈悲，可怜蝼蚁贪生之意，饶了我命，愿送你师父过山也。"当悟空相信他们准备出来时,他们又商量着:"大哥,等他出来时,把口往下一咬,将猴儿嚼碎,咽下肚,却不得磨害你了。"好在悟空聪明,在他五脏内系了绳,才没有中他们的恶计。悟空让他们保证送唐僧过山,他们又向悟空保证只要解了绳头就送唐僧过山:"但解就送,决不敢打诳语。"可等悟空解了绳后,二王又和大王商量:"才自说送唐僧,都是假意,实为兄长性命要紧,所以哄他出来。决不送他!"悟空再次打败他们后,他们再次向唐僧表态:"唐老爷,若肯饶命,即便抬轿相送。"但是等悟空再次饶他们时,三妖王又设调虎离山计,擒住了唐僧师徒。

承诺反悔,再承诺再反悔,前前后后折腾了四五次,疾恶如仇的孙悟空却十分耐心地饶了他们四五次,是什么原因让孙猴子如此耐心地与他们周旋呢? 正是因为孙悟空还未打探出他们的底细,如果能不惹怒他们的后台而顺利过山,当然是上上策。可惜,悟空还是失策了。

总结经验: 取经团逃路

悟空想不到,同样是混江湖的,这些妖竟能如此出尔反尔,不遵守江湖规则,在唐僧八戒和沙僧被擒后,悟空不想再和妖王们打太极拳了,悟空不是怕妖王,也不是打不过妖王,几次比拼,他们都不是悟空的对手,悟空此时真正明白了太白金星的良苦用心,如此

草包的妖怪,如此不守江湖规则的妖怪,却在江湖上混了这么久,只能说明,这个江湖,水太深。

所以悟空决定不蹚这浑水,太白说得对,还是"挪移变化,乖巧机谋"吧,他带领着取经团偷跑,只要能跑掉,这个江湖就随它去吧,可是最终还是没有逃成功,唐僧再次被抓走,此时的悟空可以说是气急败坏,他不到天庭搬兵,也不向观音菩萨求救,径直冲向如来,他只想问问这个大 BOSS,绕路不可能,开路不行,逃路又失败,那您告诉我,路在何方?

敢问如来:路在何方?

书上说,悟空是听说唐僧被妖怪们吃了,才去找如来哭诉的,这不符合事实。观音在唐僧身边安排了多少保镖,悟空是心知肚明的,六丁六甲、五方揭谛、四值功曹、一十八位护教伽蓝,个个轮流值日听候,还有二十四小时不离身的贴身保镖。退一万步说,就算唐僧真的有人身危险,唐僧死没死,悟空只要叫出一个贴身保镖来一问便知,他根本就没有必要到如来那里去哭诉唐僧骨肉无存。

悟空偏偏就去了,还在如来面前演了一出哭戏,哭诉在狮驼岭的种种遭遇,哭诉唐僧已经尸骨无存的惨况,哭得那是"泪如泉涌,悲声不绝",这演技把如来都逗笑了。当如来说出他认识这个妖怪时,刚还哭得泪如泉涌的悟空,马上猛然失声道:"如来!我听见人讲说，那妖精与你有亲哩。"

听人说，听谁说？在此之前和悟空说过狮驼岭三妖情况的，只有太白金星。我们再来回顾一下太白金星怎么说的："那妖精一封书到灵山，五百阿罗都来迎接；一纸简上天宫，十一大曜个个相钦。四海龙曾与他为友，八洞仙常与他作会。十地阎君以兄弟相称，社令、城隍以宾朋相爱。"这妖王到处都有好朋友好兄弟，但是真正厉害的还是第一句，一封书到灵山，五百阿罗都来迎接，什么样的妖怪能神通广大到这种地步？无法无天的孙悟空到了灵山，四大金刚也斥责他无礼，而这个妖怪来灵山，五百罗汉要迎接，不是如来的亲戚，又能是什么呢？

其实在刚入狮驼岭太白报信时，聪明的悟空就已经知道了妖王的后台可能是如来，所以悟空才会一再地对三个妖王耐心又仁慈；所以才会不找天庭不找菩萨，直接来找如来；所以才会明知道唐僧没死，还是要到如来面前演一出哭戏。其实就是告诉如来，在狮驼岭，你的人，我可没动啊，但是这样做的结果是，这狮驼岭我过不去啊！

如来也不糊涂，顺坡直下，收服三个妖王，为取经团扫清了道路，而取经团如何回报如来呢？

书中写得很明白，狮驼国国王及满城文武和百姓五百年前就被如来的舅舅大鹏吃光了，但是在第一百回里，唐僧向唐王展示通关文牒时，"牒文上有宝象国印，乌鸡国印，车迟国印，西梁女国印，

祭赛国印,朱紫国印,狮驼国印,比丘国印,灭法国印;又有凤仙郡印,玉华州印,金平府印"。很想问一句唐僧,这狮驼国的印是谁给你盖上去的? 如此造假,是为了保护谁呢?

第二篇
前世今生爱情未了

盘点西游记里的"倒插门"

在西游记里有个很奇怪的婚姻现象——倒插门。一部书中这么集中写倒插门是不常见的,下面就让我们一起来盘点一下西游记里的倒插门婚姻。

第九回讲唐僧父母的婚姻,虽然没有明说倒插门,但是从抛绣球、相府成婚、丞相安排酒席等这些字眼可以看出这场婚姻实则就是一场倒插门。而且陈光蕊携妻回到老家见到老母亲时说得更是明白:"经过丞相殷府门前,遇抛打绣球适中,蒙丞相即将小姐招孩儿为婿。"所以,相府的这场抛绣球招女婿是实实在在的倒插门了。

第十八回高老庄八戒成亲是最经典的倒插门。高老头向唐僧师徒诉说自己的家事时说:"止有小的个要招个女婿,指望他与我同家过活,做个养老女婿,撑门抵户,做活当差。"没想到招来的是八戒这个妖怪,八戒对他们自称福陵山人家,"姓猪,上无父母,下无兄弟,愿与人家做个女婿"。可见高家是真心实意地要招个女婿,猪八戒也是甘心情愿地做高家的倒插门女婿。

很容易被忽略的是,八戒在此做高家的上门女婿之前还做过

48

一次招赘。第八回八戒第一次见菩萨时就诉说自己的不幸,说在福陵山有个云栈洞,"洞里原有个卵二姐。他见我有些武艺,招我做了家长,又唤作'倒磣门'。不上一年,他死了,将一洞的家当,尽归我受用"。这应该是八戒下界后的最门当户对的婚姻,也是倒插门,只可惜卵二姐命不长,八戒享用了卵二姐遗下的所有家产。

第二十三回四圣试禅心里,黎山老母化作的妇人对唐僧师徒说:"小妇娘女四人,意欲坐山招夫,四位恰好。不知尊意肯否如何。"虽然是一场闹剧,可也是从倒插门婚姻说起。

第二十七回白骨精变作的村姑也是招赘的婚姻:"我父母在堂,看经好善,广斋方上远近僧人;只因无子,求神作福;生了奴奴,欲扳门第,配嫁他人,又恐老来无倚,只得将奴招了一个女婿,养老送终。"

第五十四回女儿国国王听说取经团来了,便对文武百官说:"寡人以一国之富,愿招御弟为王,我愿为后,与他阴阳配合,生子生孙,永传帝业。"

第六十回,土地向悟空介绍牛魔王时说:"有个万岁狐王。那个狐王死了,遗下一个女儿,叫作玉面公主。那公主有百万家私,无人掌管;二年前,访着牛魔王神通广大,情愿倒赔家私,招赘为夫。"

第六十二回,悟空陪唐僧扫塔,捉住了奔波儿灞和灞波儿奔两个乱石山碧波潭的妖精,灞波儿奔交代说:"因我万圣老龙生了一个女儿,就唤作万圣公主。那公主花容月貌,有二十分人才。招得一个驸马,唤作九头驸马,神通广大。"

第九十三回,取经团到达天竺国,天竺国驿丞向唐僧介绍说:"近因国王的公主娘娘,年登二十青春,正在十字街头,高结彩楼,抛打绣球,撞天婚招驸马。"天竺国国王见到唐僧时也说:"寡人公主,今登二十岁未婚,因择今日年月日时俱利,所以结彩楼抛绣球,以求佳偶。"见唐僧执意不肯,国王怒道:"朕以一国之富,招你做驸马,为何不在此享用,念念只要取经!"

除此之外,还有第五十五回的蝎子精、第六十四回的杏仙、第七十二回的蜘蛛精、第八十回的老鼠精,虽未明说招赘,但都是在自己的洞府与唐僧婚配,算得上是倒插门了。真可谓是神也好,人也好,妖也罢,只要谈婚论嫁,都绕不过倒插门这个形式。

纵观这么多倒插门的婚姻,除了四圣试禅心是菩萨们设的一个局外,高翠兰一家招来了妖怪,弄得鸡飞狗跳,女儿国国王差点招来蝎子精,唐僧老妈自尽,卵二姐早死,玉兔被接回天庭受罚,白骨精、九头虫、老鼠精、蝎子精、蜘蛛精都被打死了。就连从没想吃唐僧,也不阻挠唐僧,也不想嫁唐僧的玉面狐狸,只是招赘了个牛魔王,最后也被打死了!

看来,如果真有修行一说的话,一定要告诉书中的这些痴男怨女一句:珍爱生命,远离倒插门。

八戒的爱情死了

猪八戒的好色是出了名的，很多人都知道他又懒又色又没出息，看到一个女子就迎上去流口水。殊不知，八戒曾经很努力地经营过自己的爱情，也一直在寻找一份真爱，寻寻觅觅，天上人间，他的爱最终还是死了，死在了春光里。

第十九回，八戒说他"自小生来心性拙，贪闲爱懒无休歇"，后来也是遇到高人指点，奋发图强，最后修仙得道，到了天上进了编制，"敕封元帅管天河，总督水兵称宪节"，这是八戒人生最得意的日子。人生转折在于王母的蟠桃会后，酒醉后撞入广寒宫调戏嫦娥，被玉帝重责二千锤后贬下凡，投错了猪胎。

我们先来说一下西游记里的嫦娥，就像西游记里的唐僧并非我们历史上的玄奘一样，西游记里的嫦娥也和我们平时所讲的嫦娥是不同的。我们平时所说的嫦娥，孤孤单单一个人住在空虚寂寞冷的广寒宫里，最多加一只玉兔陪她，然而西游记里的广寒宫不是只住嫦娥一人，嫦娥甚至不是广寒宫的主人。

第九十五回，在孙悟空即将打死玉兔时，被人叫住，"行者回头看时,原来是太阴星君,后带着姮娥仙子,降彩云到于当面"。这太阴星君带着的一众仙子都是月宫里的人,他们这次就是来接玉兔回月宫的。待收了玉兔,孙悟空对太阴星君说:"敢烦太阴君同众仙妹将玉兔儿拿到那厢,对国王明证明证。"到了天竺国王跟前,孙悟空又对国王说:"天竺陛下,请出你那皇后嫔妃看者:这宝幢下乃月宫太阴星君,两边的仙妹乃月里嫦娥。"

啰唆这么多文字啊,就是让大家看清楚,月宫里的正主是太阴星君,嫦娥不止一个,跟随在太阴星君两边的仙子都是嫦娥,当年八戒调戏的那个嫦娥就是这些嫦娥之一。太阴星君带着嫦娥们将要走时,八戒旧情复发,"忍不住,跳在空中,把霓裳仙子抱住……"可见与八戒有旧情的、曾被八戒调戏的只是那个穿霓裳的嫦娥,她是月宫里众多嫦娥中的一个。刚见到太阴星君,孙悟空躬身施礼道:"老太阴往哪里去?老孙失回避了。"孙悟空要对太阴星君回避,可以看出这位太阴星君是位年纪比较大的老仙女,她带领着一群嫦娥们共同住在广寒宫里。

搞清楚了这些,我们再回到八戒调戏嫦娥的情节中去。

第十九回猪八戒向孙悟空交代身世问题,讲到他酒后失德时是这么说的:"只因王母会蟠桃,开宴瑶池邀众客。那时酒醉意昏沉,东倒西歪乱撒泼。逞雄撞入广寒宫,风流仙子来相接。见他容貌挟人魂,旧日凡心难得灭。全无上下失尊卑,扯住嫦娥要陪歇。再三再四不依从,东躲西藏心不悦。色胆如天叫似雷,险些震倒天

关阙。纠察灵宫奏玉皇,那日吾当命运拙。广寒围困不通风,进退无门难得脱。"

时任天蓬元帅的八戒在蟠桃会上喝醉后闯入广寒宫,他来时,月宫里嫦娥们并没有拒绝,而是"风流仙子来相接",八戒一把扯住"要陪歇",之后这嫦娥只是躲躲藏藏,并没有大声呼救,宫里其他人也没有声张阻拦,是八戒自己"色胆如天叫似雷",惊动了纠察灵官,最后才被被围困不得脱身。八戒确实无礼,但面对醉酒无礼的八戒,嫦娥还能出来相接,也并未声张呼救,说这个嫦娥和天蓬平时没点什么,好像并不那么令人信服。

在天竺国收玉兔那一回,再见穿霓裳的嫦娥,八戒"忍不住,跳在空中,把霓裳仙子抱住道:'姐姐,我与你是旧相识,我和你耍子儿去也'"。八戒虽然好色,可是他每动邪念都是心里暗暗盘算,即使四个菩萨导演的招亲戏,八戒内心风起云涌,在唐僧等人面前依然要装一装的,像这样在众人面前明目张胆上去就抱的,除了高老庄的高翠兰,估计也就这位嫦娥了吧!不管过去有什么,八戒犯了案,嫦娥与他的过去都成了过往云烟,他们终是回不去了。

被贬下界后八戒有段很短暂的和卵二姐的婚姻,由于过于短暂都来不及探讨这段婚姻里是否有爱情。让八戒刻骨铭心、念念不忘的一直是高老庄里的高翠兰。

高家招上门女婿的意图是"撑门立户,做活当差",八戒说自己是"福陵山上人家,姓猪,上无父母,下无兄弟",从各方面看都满足

趣品西游：神话故事里的百味人生

高家招女婿的需求，而且经过一段时间接触也算是郎有情妾有意，这桩婚事顺利完成了。

在经典的 1986 版电视剧里，八戒在和高小姐成亲当日就现出了原形。事实上，在唐僧来到高老庄之前，八戒和高小姐做了三年的夫妻！高家下人高才对悟空说得明白："我那太公有个老女儿，年方二十岁，更不曾配人，三年前被一个妖精占了。那妖整做了这三年女婿。"三年来八戒表现如何？高老太公说："一进门时，倒也勤谨：耕田耙地，不用牛具；收割田禾，不用刀杖。昏去明来，其实也好；只是一件，有些会变嘴脸。"

八戒是有很多缺点，但有一个优点就是很诚实，他最初就没有隐瞒身世，说自己是福陵山上人家，姓猪。这高家招女婿，就不去山上打听打听？有些会变嘴脸？那不就是妖怪嘛？为什么说还好？那就是高家知道是妖怪，但也认了，因为看中了八戒的勤谨能干！

八戒对高小姐说得更明白："我得到了你家，虽是吃了些茶饭，却也不曾白吃你的：我也曾替你家扫地通沟，搬砖运瓦，筑土打墙，耕田耙地，种麦插秧，创家立业。如今你身上穿的锦，戴的金，四时有花果享用，八节有蔬菜烹煎，你还有那些儿不趁心处，这般短叹长吁，说什么造化低了！"非常明确，八戒在高家三年的生活，是为高家撑门立户、勤勉创业的三年，完全符合高老太公当初招女婿的条件和期望，这才是高家能认可一个妖怪做女婿的缘由。

因此了解了实情后,就是悟空也难免替八戒说好话:"他与你干了许多好事。这几年挣了许多家资,皆是他之力量。他不曾白吃了你东西,问你祛他怎的。据他说,他是一个天神下界,替你把家做活,又未曾害了你家女儿。想这等一个女婿,也门当户对,不怎么坏了家声,辱了行止。"悟空说的这番话真是客观公正、在情在理!

而那个高老太公在依靠八戒创业三年后却说:"长老,虽是不伤风化,但名声不甚好听。动不动着人就说'高家招了一个妖怪女婿!'"唉,看到这么一句话,我真想替八戒拿起钉耙给这老丈人一下子,三年前你招女婿只说撑门立户,做活当差,用了人家三年了,现在说嫌弃名声不好!

最终八戒是跟随取经团走了,虽然他总是惦记着高老庄,时不时就想解散取经团,但是他比谁都清楚,高老庄不再需要他了,天上人间,他都回不去了,在爱的世界里,他曾变得很低很低,可是哪怕他低到尘埃里,他的爱情也终究会死在春光里。

找不回来的爱情

　　带着前世誓言转世的，理应像宝玉黛玉那样，第一次见面，就会觉得"好生奇怪，倒像是在哪里见过一般，何等眼熟到如此"！然后在现实的世界里二人爱恨纠葛一辈子。然而，奎木狼的爱情却不是，他为了爱情下界为妖，带着前世誓言寻找转世的情缘未了之人，最后他找到了心上人，却找不回来爱情。

　　理想很丰满，现实太骨感。带着爱情誓言思凡下界的披香殿侍女，投胎成了宝象国公主，她不仅完全忘了奎木狼，而且今生十三年的夫妻生活也没能培养她与他的丝毫情感。公主私下里找到唐僧给父母捎信，书信中她说自己被一个"金睛蓝面青发魔王"擒住，被妖侍强，霸占为妻，希望父亲能派兵来捉获妖怪，搭救自己。整个书信中全无半点夫妻之心。

　　是奎木狼对公主不够好吗？非也，用奎木狼的话来说就是"你穿的锦，戴的金，缺少东西我去寻。四时受用，每日情深"。就连不懂男女情感的孙猴子在捉黄袍怪前也担心公主对奎木狼用情："只恐你与他情浓了，舍不得他……你与他做了十三年夫妻，岂无情

56

意?"而公主的回答真的是冷到了骨髓里:"我怎的舍不得他? 其稽留于此者,不得已耳!"

可见无论奎木狼为宝象国公主付出了多少,都是他的一厢情愿,公主一丁点儿都没有爱上他。能怪公主投胎时孟婆汤喝多了吗? 如果公主还有前世记忆,她就会爱上奎木狼吗?

奎木狼与公主做了夫妻后,他想尽一切办法保公主衣食无忧,对公主有求必应,却从没有关心过公主的情感世界,他明明可以把自己变得风流倜傥,却非要青面獠牙,他将公主困在洞府一十三年,隔绝她与父母双亲的联系,从不关心她的内心亲情需要,他甚至从来不回避在公主面前吃人,可以说对于公主的内心世界,他从没有走进过。

试想一下,如果宝玉不是那么多愁善感,不是对所有的女孩子都那么爱惜,不是见花花落泪,见鸟鸟生情,黛玉仅凭着初见时的一眼熟悉之感就会为宝玉流尽一生的眼泪吗? 宝玉被蜡油烫伤后,黛玉想看一眼,宝玉都因黛玉癖性喜洁而不让黛玉察看,这才是真正的怜惜。那奎木狼,你天天在公主这个凡人面前公然吃人,有没有想过娇弱的公主会害怕?

所以,就算让公主带着前尘的记忆,她也不会爱上今世的黄袍怪。奎木狼到最后也明白,他与她都回不去了。

既然回不去了,就好好活在当下吧! 玉帝问罪时如何自保才是硬道理。奎木狼说:"那宝象国王公主,非凡人也。他本是披香殿侍香的玉女,因欲与臣私通,臣恐点污天宫胜境。他思凡先下界去,托生于皇宫内院,是臣不负前期,变作妖魔,占了名山,摄他到洞府,与他配了一十三年夫妻。"这一番说辞就比八戒聪明很多,万事有因必有果,是她要与我私通,而我呢? 我怕玷污了天宫胜境。她不懂天庭法纪,我还是有素质的,先给自己制造有利的人设。然后呢,她先下界托生,我因不能负了她,才下界为妖,我是为了兑现和她的诺言。就算有错,是谁的责任? 我不愿破坏天宫环境,也不愿做负心汉,最后只能自己变成妖魔下界。多么有情有义的好儿郎啊! 这检讨书写得相当有水平,连玉帝都不得不考虑从轻发落,仅是罚他去给太上老君烧锅炉了。如果当年的八戒在嫦娥事故中能有这一半的检讨水平,他能被贬为猪胎吗?

世上最遥远的距离是,我站在你面前,你却不认识我;恋人最忧伤的爱情是,我还爱着你,你却忘了我;夫妻最残忍的结局是,耳鬓厮磨的日子里,你背叛了我我也背叛了你。爱情没有了,就也没有了所谓的爱情结晶。十月怀胎生下的孩子,被自己母亲说是"尽是妖魔之种",两个还处在童真年代的孩子,被取经团"往那白玉阶前摔下,可怜都掼做个肉饼相似,鲜血迸流,骨骸粉碎",他们最终成了这场找不回的爱情的代价!

奎木狼和披香殿侍女在天上都是神,披香殿侍女下界投胎公主是人,奎木狼下界做黄袍怪是妖,二人夫妻十三年后,奎木狼回天宫继续做神,公主回宝象国继续做人,而他们生的孩子却为何是妖? 而如果不是妖,取经团掼死俩孩子的行为又当何论?

四圣试禅心试出了什么？

唐僧师徒四人集齐后，遇到的第一难不是打妖怪，而是黎山老母和三个菩萨一起设的局，名曰四圣试禅心，那到底试的是谁的禅心呢？

首先来说说菩萨们是为了测试八戒吗？

经典的 1986 年版电视剧里，这一集演得很精彩，猪八戒被捉弄的形象也深入人心，以至于很多人认为菩萨考验的就是猪八戒，而且电视剧把之前黄风怪一难中，给悟空治眼睛的护法伽蓝改成了黎山老母，是黎山老母看出了八戒的凡心，才召集了几路菩萨一起来考验八戒，然而，八戒的内心思想值得菩萨们花这么大力气，绕这么大弯来考验吗？

虽然八戒身上有无数的缺点，可是八戒有一个特别重要的优点，就是很诚实。他从来没有掩饰过自己作为一个"经济适用男"的追求，也从来没有否认过自己"老婆孩子热炕头"的理想，菩萨用前程来劝八戒归顺时，八戒当即就说："前程！前程！若依你，教我嗑风！"菩萨许诺八戒"若肯归依正果，自有养身之处。世有五谷，尽能济饥。"八戒才答应归顺。但是,他明明答应菩萨专候取经人,菩萨一走他就去高老庄做了倒插门女婿。加入了取经团,八戒也对取经前途信心不足,用八戒的话说,就是"只恐一时间有些儿差池,却不是和尚误了做,老婆误了娶,两下里都耽搁了"。

可见八戒的内心世界透明得很,本来就没有什么遮掩,根本不需要菩萨搞这么大阵仗来试探,一个高翠兰就妥妥够了。换句话说,猪八戒的心还用试吗?既没必要,也没效果。

其次,菩萨们会要试沙僧吗?

此时的沙僧刚刚加入取经团,连试用期都没过,而且如果沙僧不跟取经团走,他可不像八戒那样可以回高老庄,有娇弱的美女老婆等他。不跟取经人,他就得回流沙河,接受玉帝七天一次的飞剑穿胸的酷刑,保护取经人西去,然后官复原职是他唯一的选择。

那么,悟空需要试吗?

不要忘了悟空可是有火眼金睛的,这个天上人间都知道。还没见到几个菩萨,只看一眼天空他就已参透三分:"果见那半空中庆云笼罩,瑞霭遮盈。情知定是佛仙点化,他却不敢泄漏先机。"悟空的火眼金睛让他先人一步就看透了奥妙,菩萨们也没办法变化身形去骗悟空。再者对付悟空,根本不需要用美人计,一个紧箍儿就足以管得住他了,果真要试探悟空,取下他头上的紧箍儿来作筹码似乎更有效果吧?退一万步来说,如果悟空意志不坚定了,他挂念的也该是花果山水帘洞,绝不是一个妇道人家的招赘。

所以菩萨到底要试谁的禅心呢？很明显，就是取经团团长——唐三藏。

电视剧里唐僧的形象过于坚定不移，很容易让人忽略唐僧的人性弱点。其实唐僧也是人，是人就有人性的弱点。

第二十三回中唐僧的取经之心还不够坚定，在取经途中还有极强的畏难情绪。他让悟空找住宿之处："徒弟，如今天色又晚，却往哪里安歇？"悟空道："师父说话差了，出家人餐风宿水，卧月眠霜，随处是家。又问哪里安歇，何也？"看到这里，我总觉得悟空才像个取经团团长，他好像时不时就要教育一番唐僧。

正在唐僧疲惫不堪时，半空庆云笼罩一座庄院，孙悟空抬头看了看，就知道可能是哪路佛仙在点化试探他们，这就很明显，佛仙要点化谁啊？不就是刚刚嫌累要找地方安歇的唐僧吗？

黎山老母化作的妇人直截了当，见了取经团，就抛出了招上门女婿的意思，静候他们的不同反应："小妇娘女四人，意欲坐山招夫，四位恰好。不知尊意肯否如何。"不是路上嫌累吗，招赘下来，吃喝不断，美女相伴，这条件很诱人啊。

此时三藏闻言，"推聋妆哑，瞑目宁心，寂然不答"。注意，唐僧并没有断然拒绝，只是保持沉默。

那妇人接着说自己家里财产，列举水田、旱田、山场果木、牛马猪羊等，那是"十来年穿不着的绫罗，一生有使不着的金银：胜强似那锦帐藏春，说什么金钗两路。你师徒们若肯回心转意，招赘在寒家,自自在在,享用荣华,却不强如往西劳碌"?唐僧听后反应如何呢?唐僧是"如痴如蠢,默默无言",依然没有拒绝,还是保持沉默。

那妇人再接着说自家三个女儿的年龄、面貌、品行,三个女儿都是豆蔻年华,不仅有几分颜色,会女工针指,还会吟诗作对。唐僧反应如何呢?唐僧是"好便似雷惊的孩子,雨淋的虾蟆;只是呆呆怔怔,翻白眼打仰。"依然没有拒绝,依然是保持沉默。

三次发问,唐僧三次都是保持沉默,唐僧自己都没有表态,读者是怎么就读出了唐僧取经之心坚如磐石呢?

更有意思的是,唐僧自己不表态也就罢了,却来询问徒弟们的意思。所有人都看出来八戒是最按捺不住的,"那八戒闻得这般富贵,这般美色,他却心痒难挠;坐在那椅子上,一似针戳屁股,左扭右扭的,忍耐不住"。可唐僧却偏偏先问悟空:"悟空,你在这里吧。"悟空当然是断然拒绝,还提示唐僧:"教八戒在这里吧。"这师父不接悟空的话,却接着转向沙僧:"便教悟净在这里吧。"沙僧虽然老实,却也不傻,肯定是断然拒绝。紧接着向八戒说:"二哥,你在他家做个女婿吧。"

悟空和沙僧都推荐八戒留下,唐僧偏偏不同意,对八戒几次三番表现出来的欲望,也视而不见装聋作哑,此时的唐僧心里到底在做怎样的思想斗争呢?

其实到此为止,四人的表现都已经很明显了,连菩萨们都觉得没有试下去的必要了,倘若唐僧真的思想斗争过于激烈,万一答应

了,那该怎么办? 谁来收拾唐僧的场? 赶紧就着八戒的梯子下吧!

就这样猪八戒被几个菩萨戏耍了一夜,唐僧在这场考验中算是险过。

等到第二天真相大白时,悟空说明真相:"昨日这家子娘女们,不知是哪里菩萨,在此显化我等,想是半夜里去了,只苦了猪八戒受罪。"

哦,原来如此,原来这猴头什么都知道,可是他什么都不说! 这猴子到底安的什么心?! 如果昨天晚上不是八戒蹚雷,如果不是菩萨适时结束试探,那将会是什么后果?

女儿国里的玄机之蝎子精

"鸳鸯双栖蝶双飞，满园春色惹人醉"唱红了大江南北，有人说女儿国是唐僧的情关，是唐僧最动情最忘情的地方。御弟哥哥在此确实闯了情关，只是那个问哥哥"女儿美不美"的人，不是女儿国国王，而是女儿国里的蝎子精。

第五十五回，蝎子精把唐僧抢到洞里后，唐僧在明知道蝎子精是妖怪的情况下，还与蝎子精你一言我一语地对答。先是蝎子精问唐僧吃荤的馍馍还是素的馍馍，唐僧开口回问："荤的何如？素的何如？"蝎子精解释："荤的是人肉馅馍馍，素的是邓沙馅馍馍"，唐僧接着回话："贫僧吃素。"

面对美色利诱，而且知道是妖怪变的美色，唐僧要表现气节，正常表现应该要么害怕哆嗦，要么闭目不答。这里唐僧不按套路出牌，不仅与女妖你一言我一语地对答，而且在女妖递给唐僧一个素馍馍后，这个僧哥哥不知哪根筋搭错了，竟然回递女妖一个肉馍馍。女妖说他吃子母河水即为破荤，唐僧回答道："水高船去急，沙陷马行迟。"船走得很急很快是因为水高，马行得迟缓是因为陷入

沙泥中,意思是说无论是在女儿国的艳遇,还是今天在你女妖面前吃馍馍,都是环境因素,都是客观原因。换句话说,今天如果我在你面前没有把持住,也不能怪我,都是你们逼我的!

没等唐僧沙陷马行迟,躲在格子眼里的孙悟空就憋不住了,他"听着两个言语相攀,恐怕师父乱了真性"。孙悟空可是日夜陪唐僧取经的大弟子,连他都担心唐僧乱了真性,为什么读者就那么一厢情愿地坚信唐僧是坐怀不乱的柳下惠呢?

那么这蝎子精除了言语挑逗僧哥哥外,她还有哪些方面容易使僧哥哥乱真性呢?

首先,这蝎子精相貌是真美。西游记里从仙女到女妖,长得美的好很多,但是在说蝎子精时,书中这样描写:"女怪解衣,卖弄他肌香肤腻;唐僧敛衽,紧藏了糙肉粗皮。"书中的唐僧从一出场就是得道高僧,又是如来的弟子转世,名义上还是状元陈光蕊和丞相千金生的儿子,也是被唐王选中在长安城里设坛公开讲经说法的高僧,书中第十二回夸赞唐僧是"凛凛威颜多雅秀,佛衣可体如裁就"。这里倒好,与女妖相比,唐僧则成糙肉粗皮了,可想这女妖有多明艳亮丽。

其次,蝎子精美丽却不是花瓶。蝎子精是有真功夫的,蝎子精曾大战孙悟空与猪八戒两人,书中写:"那一个喜得唐僧谐凤侣,这两个必随长老取真经。惊天动地来相战,只杀得日月无光星斗更!三个斗罢多时,不分胜负"。注意蝎子精可是一介女妖大战孙悟空和猪八戒两个,竟然斗战多时不分胜负!且不论猪八戒,那个动不动就说自己大闹天宫无敌手的孙猴子此刻脸往哪儿搁?而且这还不算,蝎子精还有一个撒手锏——倒马毒,想那孙悟空的头在大闹天宫里是何等厉害,他自称:"我这头,自从修炼成真,盗食了蟠桃仙酒,老子金丹;大闹天宫时,又被玉帝差大刀鬼王、二十八宿,押赴斗牛宫外处斩,那些神将使刀斧锤剑,雷打火烧;及老子把我安于八卦炉,锻炼四十九日,俱未伤损。今日不知这妇人用的是什么兵器,把老孙头弄伤也!"不怕刀劈不怕雷击,太上老君八卦炉都烧不破的金刚不坏之头,在此竟然被蝎子精给扎得叫苦连天。

这还不足以说明蝎子精的能耐,取经大业的幕后军师观音菩萨说了这蝎子精更牛的事情,"他前者在雷音寺听佛谈经,如来见了,不合用手推他一把,他就转过钩子,把如来左手中拇指上扎了一下。如来也疼难禁,即着金刚拿他"。如来也被她扎过,难怪观音说他也拿这蝎子精没办法。想这么一个貌美的女子,这么彪悍的人生,却独独一腔柔情只对僧哥哥一人,僧哥哥不感动也会心动吧?

再者,蝎子精是一个极重生活细节的气质女妖。在孙悟空和猪八戒打上洞门时,丫鬟报于她知,这女妖首先想的不是什么应敌之策,而是"小的们!快烧汤洗面梳妆"!这敌人都打上门了,男妖一般都是拿兵器、找披卦、列队型,这女妖可好,烧汤洗面梳妆,这好像不是要出去迎敌,倒像是日常的出门上班,不化妆不更衣绝不

出门一样,哪怕到菜场买菜也一定要化个精致的美妆。刘禹锡在一首诗里写"银钏金钗来负水,长刀短笠去烧畲",说女子到江边打水都是戴着银钏金钗来的,大概说的就是这种境界吧!

要说蝎子精长得美又重生活质量,有能耐又钟情一人,能与唐僧调情对答又体贴考虑唐僧吃素的生活习惯。蝎子精把唐僧困在洞中,三个徒弟束手无策,连素日救星观音菩萨也没办法,在孙悟空请来昴日星官之前,蝎子精至少有一个晚上是完全控制唐僧的,这也算是天时地利,如果此时蝎子精霸王硬上弓,与唐僧成其好事,最终也就是让唐僧落个"水高船去急,沙陷马行迟"而已。但是她为什么不呢?

原因就是蝎子精为自恋所误!

蝎子精对自己的容貌有多自恋呢? 在孙悟空潜入她洞府后,她骂猴子的竟然是:"泼猴惫懒! 怎么敢私入吾家,偷窥我容貌!"对于她来说,孙猴子闯进来不是来救唐僧的,而是来偷看她的容貌的! 一个貌美如花又自恃才情了得的女妖,是自己的魅力让她十分自信,哪怕在大战孙悟空和猪八戒时也一样从容不迫,她相信自己一定能胜了孙猪联手,她也更相信自己的魅力能胜得了唐僧的自持力。

如此自恋自负自信自尊到极致的女妖,怎么可能对心上人僧哥哥用强呢? 她信的是,悄悄问圣僧,女儿美不美;她信的是,只愿天长地久,与我意中人儿紧相随;她信的是,她的意中人是个盖世英雄,有一天他会踩着七色的云彩来娶她。可惜她只猜中了开头,却猜不着结局……

这个世界没有什么属于你,包括你自己。因为年轻,所以押注于爱情。

杏仙求爱失败，错在何处？

荆棘岭诗会是自取经以来唐僧难得扬眉吐气的时刻，没有徒弟的保护，没有高层领导的相助，他一人用诗词碾压四位修仙得道的树精，一晚上被树精们吹捧赞赏，这是离开大唐国度后唐僧第一次发挥自我，有一种人生达到了高潮的自豪感，就是在这个时候，杏仙出场了。

杏仙一出场，也算是惊艳了！那仙女怎生模样？他生得："青姿妆翡翠，丹脸赛胭脂。星眼光还彩，蛾眉秀又齐。下衬一条五色梅浅红裙子，上穿一件烟里火比甲轻衣。弓鞋弯凤嘴，绫袜锦拖泥。妖娆娇似天台女，不亚当年俏妲姬。"

可见杏仙从颜值上绝对没有问题了，可是唐御弟哥哥一路行来，美女见得多了，光有颜值可不行。

那女子满面春风对众人道："妾身不才，不当献丑。但聆此佳句，似不可虚也，勉强将后诗奉和一律如何？"遂朗吟道：

上盖留名汉武王，周时孔子立坛场。

董仙爱我成林积,孙楚曾怜寒食香。

雨润红姿娇且嫩,烟蒸翠色显还藏。

自知过熟微酸意,落处年年伴麦场。

　　杏仙和其他四老一样,也是一口就吐出一首格律严谨的七言律诗,不仅对仗工整,而且用典连连,当然是赢得了满堂喝彩。这也可见杏仙与唐御弟哥哥以前遇到的美女之不同了,她不仅有颜值,还有才华。然而面对这么一个有颜值有才华的美才女的求爱,御弟哥哥却怒了。

　　唐僧听了杏仙的示爱和树精们的撮合的,遂变了颜色,跳起来高叫道:"汝等皆是一类邪物,这般诱我! 当时只以砥砺之言,谈玄谈道可也;如今怎么以美人局来骗害贫僧! 是何道理!"

　　如此不为女色所动的正颜厉色形象似乎成了御弟哥哥的人设标配,可是这不是御弟哥哥第一次面对女色诱惑,从原著全书来看,在遇到杏仙之前,御弟哥哥至少遭遇过三场情场试验,御弟哥哥可都没有动怒。

　　第二十二回,四菩萨试禅心,黎山老母用万贯家财和三位美娇娘(菩萨所变)来招赘女婿,"三藏闻言,推聋妆哑,瞑目宁心,寂然不答",再或者是"如痴如蠢,默默无言"。自始至终都未见御弟哥哥大义凛然地发怒拒绝。

　　那一回里,唐僧正因饥餐露宿被徒弟悟空教育:"师父说话差

了，出家人餐风宿水，卧月眠霜，随处是家。又问那里安歇，何也？"
这时菩萨们点化的庄院出现了，黎山老母以家资万贯、良田千顷做
广告语，此时唐僧的表现已明明白白暴露了其内心的纠结，这个庄
院、这户人家、这里的小姐们，出现的正是对的时间。

　　第五十四回，面对女儿国国王赤裸裸的爱情表白，御弟哥哥要
么是"耳红面赤，羞答答不敢抬头"，要么是"战兢兢立站不住，似醉
如痴"。仍然未见御弟哥哥翻脸无情的怒怼表现。

　　女儿国国王见到唐僧，直接就拉住要颠鸾倒凤，御弟哥哥被吓
得战战兢兢，但这是在人家的地盘，面对的是这里的国王，御弟哥
哥除了羞，除了吓，还能怎样呢？御弟哥哥不会喜欢这样的国王妹
妹，这个女儿国国王，不是御弟哥哥遇见对的人。

　　第五十五回，面对蝎子的言语挑逗，唐僧不仅没有翻脸，还和
蝎子精你一言我一语地对话，说出什么"水高船去急，沙陷马行迟"
的奇句，吓得悟空都担心唐僧再说下去就乱了真性。

　　蝎子精堪称野蛮女友的典范，可以横眉冷对千夫指，只愿温柔
相待你一人。而且蝎子精和唐僧的言语攀谈中，能聊出前朝柳翠
翠、和尚月阇黎、越王、西施等典故，说明蝎子精并非胸无点墨的女
流之辈。唐僧在明知蝎子精是妖精的情况下，不仅没有疾言厉色，
而且在被救后问徒弟们："那妇人何如也？"不知道御弟哥哥对蝎子
精用情有多少，但至少潜意识里没把蝎子精当妖精看待，可见蝎子
精才是唐僧在对的时间遇到的对的人。

相比之下，生活在荆棘岭这个荒僻地方的杏仙，就算有几个树精助阵，充其量也只是有点文化的妖精，面对唐僧几句呵斥，树精们被吓得"一个个咬指担惊，再不复言"。而且杏仙出现时，正是御弟哥哥被几个树精捧得自信心爆棚的时候，你就凭一首诗就想赢得御弟哥哥的青睐，实在是有点太高估自己了。所以说，杏仙啊，你既没有在对的时间出现，也不是圣僧哥哥心中对的人，你们的相遇，本身就是一场错误而已。

随着八戒连拱带筑，杏仙的错误成为一场没有回头路的错误，唐僧也从这场千缠万绕中终于走了出来。从此以后，唐僧走出了缠，走向了禅。因为，那个对的时间和对的人，永远都不会再有了。

金蝉子的前世今生

唐僧,本名叫江流儿,法名玄奘。奉唐王之命去往西天取经后,大家一般叫他唐僧,其实他还有一个名字,叫金蝉子。

唐僧取经成功后,如来对他说:"圣僧,汝前世原是我之二徒,名唤金蝉子。因为汝不听说法,轻慢我之大教,故贬汝之真灵,转生东土。"由此可知金蝉子是唐僧的前世,他被如来贬下界的原因是他听课不专心。上课不专心就被贬下界,相当于今天学生上课走神就被开除,这应该堪称史上最严厉的课堂纪律了。

关于唐僧是金蝉转世这种说法,天上人间、神界妖界知道者甚多,沙僧就说:"菩萨曾言:取经人乃如来门生,号曰金蝉长老。只因他不听佛祖谈经,贬下灵山,转生东土,教他果正西方,复修大道。遇路上该有这般魔障,解脱我等三人,与他做护法。"这种说法与如来所言相印证。这就有点奇怪,如果金蝉子是因为不专心听课而被贬转世,那么正常来说,这一世菩萨考验唐僧的应该是他听经说法的专注度,事实上几个菩萨和黎山老母对唐僧的考验却是色诱。

73

第二十三回"四圣试禅心"是几个菩萨和黎山老母针对取经团故意设的一个局,八戒的色心重是众所周知的,根本不需要专门费周折来测试,悟空有火眼金睛,他一眼能认出是菩萨们变化的人物,沙僧在天庭服役多年,有无儿女之情早就知晓。所以几个菩萨导演的这场钓鱼执法就只能是针对唐僧的,他们对唐僧的凡心极不放心!

对唐僧的凡心极不放心的,除了几个菩萨,还有唐僧的大弟子孙悟空。

第二十七回,白骨精变成村姑欺骗唐僧,悟空就怒怼唐僧:"师父,我知道你了。你见他那等容貌,必然动了凡心。若果有此意,叫八戒伐几棵树来,沙僧寻些草来,我做木匠,就在这里搭个窝铺,你与他圆房成事,我们大家散了,却不是件事业?何必又跋涉,取甚经去!"这话直接戳中了唐僧的软肋,也是悟空这次被赶走的重要原因之一。

之后在诸多遇难中,每每遇到女妖精之流,孙悟空总是担心唐僧乱了真性情。比如,第五十四回,在女儿国悟空故意调侃唐僧:"依老孙说,你在这里也好。自古道,'千里姻缘似线牵'哩。哪里再有这般相应处?"第五十五回,蝎子精与唐僧言语攀谈,"行者在格子眼听着两个言语相攀,恐怕师父乱了真性"。第八十回,唐僧不听悟空劝阻救下老鼠精变化的女子,悟空冷笑不止。唐僧骂道:"泼猴头!你笑怎的?"行者道:"我笑你'时来逢好友,运去遇佳

人'。"

一次是冒犯,两次是误会,能让弟子这么次次担心师父凡心大动,难道这只是弟子单方面的臆想和误判吗?

而且在第八十一回,悟空爆出了金蝉子转世的惊天内幕,来看一段悟空和八戒的对话:

> 行者道:"呆子又胡说了!你不知道。师父是我佛如来第二个徒弟,原叫作金蝉长老;只因他轻慢佛法,该有这场大难。"
>
> 八戒道:"哥啊,师父既是轻慢佛法,贬回东土,在是非海内,口舌场中,托化作人身,发愿往西天拜佛求经,遇妖精就捆,逢魔头就吊,受诸苦恼,也够了;怎么又叫他害病?"
>
> 行者道:"你哪里晓得,老师父不曾听佛讲法,打了一个盹,往下一失,左脚下翘了一粒米,下界来,该有这三日病。"

这一段话信息量极大,在镇海禅林寺里唐僧生病了,按说这一世的唐僧是凡人,吃五谷杂粮又风餐露宿,生病对于唐僧来说实在太正常不过了,但是悟空对八戒说,这场病是一场大难,看来病得不轻。

而且悟空进一步透漏了唐僧上辈子被贬的详情,金蝉子不光是在如来的课堂上走神,还因走神掉了一粒米,那么浪费这一粒米的罪过是金蝉子被贬的真正原因吗?

正如八戒惊道:"像老猪吃东西泼泼撒撒的,也不知害多少年代病是!"

然而,与八戒的大惊小怪不同,唐僧淡然处之,既没有训斥悟空胡说,也没有惊讶,没有感伤,没有忿不平,没有质疑,为什么呢?要么唐僧认可悟空说的是事实,要么想要用悟空的说法来掩盖真正的事实。

但无论如何,唐僧这场病都是金蝉子前世被贬的重要突破口,唐僧的前世一定与不认真听经有关,一定与一粒米有关。

唐僧遇见前女友

孙悟空为救唐僧，钻入了老鼠精的肚子里，疼痛难忍的老鼠精向唐僧说出这样一番话：

> "长老啊！我只道：夙世前缘系赤绳，鱼水相和两意浓。不料鸳鸯今拆散，何期鸾凤又西东！蓝桥水涨难成事，衤禖庙烟沉嘉会空。着意一场今又别，何年与你再相逢！"

"夙世前缘系赤绳，鱼水相和两意浓"这两句点明老鼠精和唐僧前世情未了，第八十三回，哪吒也说那老鼠精"三百年前成怪。在灵山偷食了如来的香花宝烛，如来差我父子天兵，将他拿住。拿住时，只该打死。如来吩咐道：'积水养鱼终不钓，深山喂鹿望长生。'当时饶了他性命"。三百年前在灵山，她和唐僧的前世金蝉子有共同的生活时间和地点，至于如来为何饶了她性命，想必与金蝉子也是不无关系吧。

"不料鸳鸯今拆散,何期鸾凤又西东! 蓝桥水涨难成事,袄庙烟沉嘉会空。"这几句用了两个爱情典故。蓝桥水涨说的是尾生在蓝桥这个地方和情人约会,水涨但女子未至,尾生为了不失信约,最后抱柱而亡;袄庙烟沉说的是蜀帝公主与乳母之子在袄庙这个地方约会,后乳母之子因思念公主之切而成怨,遂将袄庙焚毁。这两个典故说的都是有缘无分,有情人终未成眷属。如果老鼠精说的属实,她和金蝉子的前世应该属于有缘无分。

"着意一场今又别,何年与你再相逢!"这两句就直白多了,上辈子无缘错过,这辈子的相遇是我故意的等待,但如今仍要分开,这次分开,我们还会再见面吗?

所以这首诗明确地告诉我们:老鼠精可不是普通的妖精,人家就是唐僧的前女友!

上辈子若无相欠,这辈子怎会相见? 书中没有明写唐僧在听完这首诗之后的反应? 却写了悟空的反应:"行者在他肚里听见说时,只怕长老慈心,又被他哄了"。如果老鼠精所言非实,唐僧为何不质疑,不惊讶,不辩驳,偏偏悟空却在担心唐僧心动神摇?

悟空担心的有道理吗? 当然有。因为唐僧在见到老鼠精后就已然动摇了。

唐僧在黑松林里救下老鼠精后,到达镇海禅林寺的第二天就生病了。大病竟然让唐长老萌生了退意,他向大唐皇帝写了一封信,表达的意思是:我要辞职!

臣僧稽首三顿首,万岁山呼拜圣君;

文武两班同入目,公卿四百共知闻:

当年奉旨离东土,指望灵山见世尊。

不料途中遭厄难,何期半路有灾迍。

僧病沉疴难进步,佛门深远接天门。

有经无命空劳碌,启奏当今别遣人。

　　这是写给唐太宗李世民的,意思就是,陛下啊,我生病了,病得很重,取经大业实难完成了,您还是换人取经吧! 这也太奇怪了。想取经团这一路,啥大风大浪都过来了,别说病了,死都快死几回了,一场病就喊着不取经了,就算李世纪好骗,你眼前的猴精能骗过去吗?

　　面对唐僧蹩脚的借口,悟空回应:"师父,你忒不济,略有些些病儿,就起这个意念。你若是病重,要死要活,只消问我。我老孙自有个本事。问道:'那个阎王敢起心? 那个判官敢出票? 那个鬼使来勾取?'若恼了我,我拿出那大闹天宫之性子,又一路棍,打入幽冥,捉住十代阎王,一个个抽了他的筋,还不饶他哩!"

　　也许唐僧真的病糊涂了,他忘了这猴精可是会看病的,朱紫国里他可是神医啊,还有那乌鸡国国王,死了三年了,这猴子都能把他整活。一场病就想辞职? 这可真不是一个好借口。

　　更奇怪的是,病了三天的唐僧,醒来后说的第一句话不是关心路程,不是询问寺中情况,而是:"悟空,这两日病体沉疴,不曾问得你,那个脱命的女菩萨,可曾有人送些饭与她吃?"唐僧真是病得不轻,可惜悟空并不怜香惜玉,他笑道:"你管他怎的,且顾了自家的病着。"悟空意思就是,别管别人,先说你的病什么时候好吧!

然而,唐僧还是坚持称自己病重,实难上路。悟空这时已然知道,医术再高的猴医也永远无法治好一个装病的人。

于是,悟空开始和八戒闲话聊师父的前生,这是悟空第一次在唐僧面前爆他的前世秘闻:"老师父不曾听佛讲法,打了一个盹,往下一失,左脚下翘了一粒米,下界来,该有这三日病。"而且悟空还准确地说出了"师父只今日一日,明日就好了"的预言,其实就是说给唐僧听:师父,你为啥生病,真病还是假病,我可是很清楚,我给你个时限,就今天病着,明天咱们就好了吧?

但是八戒不清楚,为啥师父打盹失了一粒米就被贬下界?为啥还和这三日病有关?刚刚师父还因病重写辞职信呢,为啥你说师父明天就好了呢?正常来说,八戒再问,悟空再答。然而,"病重"的唐僧突然就接过话来:"我今日与昨日不同:咽喉里十分作渴。你去那里,有凉水寻些来我吃。"由此打断了悟空和八戒的对话,唐僧的病没有求医没有吃药,刚还病重地要闹着向大唐老板写辞职信,几句话的功夫喝了几口凉白开后病就好了,是不是病得很突然,好得很奇怪啊?

然而奇迹还在继续。

悟空告诉唐僧这寺里有妖精，他要去捉妖时，唐僧很反常地直接阻止悟空，"徒弟呀，我的病身未可，你怎么又兴此念！倘那怪有神通，你拿他不住啊，却又不是害我？"悟空说确保能捉住妖怪，他又扯住悟空："徒弟，常言说得好，'遇方便时行方便，得饶人处且饶人。操心怎似存心好，争气何如忍气高'！"悟空只好告诉他，这妖精在这里吃了六个和尚了，其实悟空就是告诉他：那妖精已然不是上辈子吃大米的妖了，她已经开始吃人了！

随后孙悟空还是没能捉住妖精，唐僧却被妖精抓入洞府，妖精并没有直接进行所谓的"配阴阳"，而是要拜堂成亲，并且非常体贴地为唐僧着想，取净水，摆素筵，敬素酒……唐僧更是待此妖与其他女妖不同，他不仅称其为"娘子"，而且接酒时竟是"羞答答"，在得知悟空要钻入妖精肚中时，唐僧更是骂悟空："徒弟，这等说，只是不当人子。"难怪悟空对唐僧的凡心又开始焦虑："我师父被她这般哄诱，只怕一时动心。"

然而不论唐僧如何维护阻拦，妖精终究是妖精，不论前世还是今生，他和老鼠精的姻缘都是"蓝桥水涨难成事，衽庙烟沉嘉会空"。老鼠精再次被李天王父子带走时，"行者口里嘻嘻嗄嗄""沙僧收拾行李，八戒拢马，请唐僧骑马，齐上大路"。自始至终未写唐僧是何表情，是何想法，想来有一首歌应该能代表他的内心：

"往事不要再提，人生已多风雨，纵然记忆抹不去，爱与恨都还

81

在心里,真的要断了过去,让明天好好继续,你就不要再苦苦追问我的消息。爱情它是个难题,让人目眩神迷,忘了痛或许可以,忘了你却太不容易……"

就这样吧,上一世,这一世,你是否知道,我真的努力过……

天竺国的绣球

唐僧取经起点是大唐,终点是天竺国。起点大唐国里发生过一次抛绣球事件,那次事件中被绣球打中的是唐僧的父亲陈光蕊,而终点天竺国里也发生了一次抛绣球事件,这次被绣球打中的是唐僧自己。

陈光蕊当年中了状元后跨马游街时,"不期游到丞相殷开山门首,有丞相所生一女,名唤温娇,又名满堂娇,未曾婚配,正高结彩楼,抛打绣球卜婿"。而唐僧则是在天竺国要去倒换关门时,听驿丞道:"近因国王的公主娘娘,年登二十青春,正在十字街头,高结彩楼,抛打绣球,撞天婚招驸马。"

相同的场景,相同的故事,难怪唐僧自己都脱口而出:"我想着我俗家先母也是抛打绣球遇旧姻缘,结了夫妇。此处亦有此等风俗。"唐僧之后几乎重复了他父亲陈光蕊相同的命运,殷小姐一个绣球打中了陈光蕊的"乌纱帽",而天竺国公主一个绣球打中了唐僧的"毗卢帽",陈光蕊被刘洪鸠占鹊巢夺了状元名分,天竺国这里则是公主被玉兔精鸠占鹊巢夺了公主名分。如此用心良苦的布局,仅仅是为了让唐僧重复一下他父亲的命运吗?

陈光蕊带着新婚妻子殷温娇赴任途中遇刘洪,刘洪杀了陈光蕊却没杀殷温娇,之后和殷温娇一起度过了十八年平静的夫妻生活。这让人不得不联想殷温娇与刘洪是否本就是旧相识,这里要说的是,"旧相识"同样适用于唐僧,那个鸠占鹊巢的玉兔精之所以假冒了真公主,也是因为她和唐僧是"旧相识"。

玉兔精的真实身份是广寒宫捣玄霜仙药的玉兔,至于她下凡的原因,太阴星君是这样对悟空说的:"那国王之公主,也不是凡人,原是蟾宫中之素娥。十八年前,他曾把玉兔儿打了一掌,却就思凡下界。一灵之光,遂投胎于国王正宫皇后之腹,当时得以降生。这玉兔儿怀那一掌之仇,故于旧年走出广寒,抛素娥于荒野。——但只是不该欲配唐僧。此罪真不可逭。幸汝留心,识破真假,却也未曾伤损你师。万望看我面上,恕他之罪,我收他去也。"原来玉兔精在十八年前被广寒宫的素娥打了一巴掌,然后怀恨在心,素娥思凡下界,投胎成天竺国公主,而玉兔也下凡,抛素娥于荒野以报之前的一巴掌之仇。

但是这素娥下凡十八年,天上也就十八天了,为什么玉兔早不来晚不来,偏偏要等到这公主长到十八岁时才来寻仇呢?况且对于自己下凡的原因,她自己的说辞与太阴星君还有所不同,在与孙悟空的打斗中,她这样说:"因为爱花垂世境,故来天竺假婵娟。与君共乐无他意,欲配唐僧了宿缘。"玉兔之所以这时候来报一巴掌

之仇,原因有两个,一是爱世间的花草,二是为了和唐僧了宿缘。

女人的心思男人别猜,女人的感情,还是要相信女人自己的说法。

国王于宫中设宴招待唐僧时,书中也有诗言:"一派仙音嘹亮,两行朱紫缤纷。当年曾结乘鸾信,今朝幸喜会佳姻。"当年曾结乘鸾信与欲配唐僧了宿缘相互印证,而且文中也明确交代了这玉兔精"知得唐僧今年、今月、今日、今时到此,他假借国家之富,搭起彩楼。欲招唐僧为偶,采取元阳真气,以成太乙上仙"。玉兔这是算准了日子下界,一报素娥(天竺国公主)的旧仇,二配唐僧了宿缘,可谓一举两得。

那么,玉兔与唐僧有什么宿缘呢?今生的唐僧肉身凡胎,不可能和月宫的玉兔有纠葛;出生在大唐,平生第一次到达天竺,也不可能与天竺国的真公主有交集,能让玉兔精说出了宿缘的,只能是唐僧的前生金蝉子。

作为如来的徒弟,金蝉子生活在天竺国境内的灵山,玉兔精生活在天竺国国都正南方的毛颖山。孙悟空和玉兔打斗追到毛颖山,按这里的土地和山神所说:"大圣,此山唤作毛颖山。山中只有三处兔穴。亘古至今,没甚妖精。乃五环之福地也。"后文我们知道这里就是玉兔精的老巢,亘古至今,说明玉兔住在这里已经相当久远了,那么 500 年前,玉兔精与金蝉子有共同生活的地点,共同生活的时间,如果说此时此地结了宿缘,就完全说得通了。

金蝉子前生到底惹了多少风流孽债，书上未有明确说。如来说他"不听说法，轻慢我之大教"，悟空听来的是"老师父不曾听佛讲法，打了一个盹，往下一失，左脚下翘了一粒米"，但是取经路上并没有考验唐僧听佛法的专注度，也没有考验唐僧对佛的赤诚度，而多的是美妖的色诱。从遇到第一个女妖白骨精开始，到几个菩萨变化试禅心，再到蝎子精、蜘蛛精、老鼠精，悟空最担心的就是唐僧能否过美人关。

到了第九十三回天竺国，悟空更是从言语挑逗上升到了行为教唆的层面，当听说天竺国公主抛绣球招驸马时，最初唐僧是不愿去看热闹的。

行者道："我们也去看看，如何？"

三藏道："不可！不可！你我服色不便，恐有嫌疑。"

行者道："师父，你忘了那给孤布金寺老僧之言：一则去看彩楼，二则去辨真假。似这般忙忙的，那皇帝必听公主之喜报，哪里视朝理事？且去去来！"

如此这般唐僧才答应去看热闹，也才有了被绣球打中的故事。

悟空不是说去看彩楼辨公主真假吗？彩楼去了，绣球也接了，那公主明明就在绣楼上，抛中唐僧后"公主下楼，玉手相挽，同登宝辇"，悟空却没说是否看清真假，而是让唐僧继续进宫做驸马，理由

是："如必欲招你,你对国王说,'召我徒弟来,我要吩咐他一声'。那时召我三个入朝,我其间自能辨别真假。"这明明是孙悟空一步步给唐僧挖的坑,但后来悟空甩锅道:"师父说,'先母也是抛打绣球,遇旧缘,成其夫妇'。似有慕古之意,老孙才引你去。"那悟空还不忘言语再激一下:"且到十二日会喜之时,必定那公主出来参拜父母,等老孙在旁观看。若还是个真女人,你就做了驸马,享用国内之荣华也罢。"

但是总归是吃一堑长一智,跳过几次坑的唐僧终归变聪明了一点。面对轻歌曼舞、锦砌花团的宫女嫔娥,始终"忧忧愁愁""低着头,不敢仰视",表现得"全不动念",悟空这次终于夸赞了唐僧:"好和尚!好和尚!身居锦绣心无爱,足步琼瑶意不迷。"

唐僧把这份坚定坚持到了最后,直到玉兔被收走,唐僧都没有心神动摇,以至于我们总是忽略唐僧与玉兔的前缘,好像这辈子只有玉兔单方面下凡欲配唐僧。

殊不知,曾经的曾经,或许在毛颖山,或许在灵山,或许在天竺国的某个角落,玉兔和金蝉子有过一段没来得及认真的经历,而这一切都只能成为回忆,陪伴玉兔在广寒宫里度过一个个碧海青天的夜晚了。

不管怎样,有回忆,总还是幸福的。

第三篇

取经历劫世事洞明

草莽英雄黑熊精

黑熊精是《西游记》里少有的未列仙班就已是真英雄的妖怪之一。他出身草莽,能力高强却不为害一方;呼朋唤友却只为修仙悟道。身上唯一的污点就是偷了唐僧的袈裟,但这么一件事与孙猴子的龙宫抢金箍棒、天上偷仙丹、魂魄闹地府相比,简直不堪一提。可以说,在所有草根出身的妖仙中,黑熊精算是个真英雄!

一、有能力有智谋

黑熊精能力有多强?在第十七回孙悟空大闹黑风山时,孙悟空和黑熊精交了三次手,第一次黑熊精没接招就跑了,第二次斗了数十回合,不分胜负。红日当午,黑熊精以要吃饭为由撤身回洞。第三次两个人从洞里打到洞外,从洞口打到山头,只斗到红日沉西,不分胜负。孙悟空的本领大家都知道,十万天兵拿不住,二郎神靠着一帮人帮忙才占了上风,这黑熊精能和孙悟空斗个不分胜负,可见黑熊精能力挺强。

而且黑熊精在与孙悟空交手时,绝非一味死战,而是会巧妙地运用战略战术,当他不想打时,任由孙猴子在外面攻门叫骂,他也只顾在门里"安排筵宴,书写请帖,邀请各山魔王庆会",这份淡定和从容正是孙猴子所不及的,难怪观音菩萨会对孙悟空说:"那怪物有许多神通,却也不亚于你。"

二、有眼界有品位

在《西游记》里,但凡有妖怪出没的地方,一般都会用表示阴沉的文字来描写当地的环境面貌。但对黑风山,作者却不吝夸赞:"万壑争流,千崖竞秀。鸟啼人不见,花落树犹香。雨过天连青壁润,风来松卷翠屏张。山草发,野花开,悬崖峭嶂;薜萝生,佳木丽,峻岭平岗。不遇幽人,那寻樵子?涧边双鹤饮,石上野猿狂。蠢蠢堆螺排黛色,巍巍拥翠弄岚光。"

及至黑风洞外,见到的景色是:"烟霞渺渺,松柏森森。烟霞渺渺采盈门,松柏森森青绕户。桥踏枯槎木,峰巅绕薜萝。鸟衔红蕊来云壑,鹿践芳丛上石台。那门前时催花发,风送花香。临堤绿柳转黄鹂,傍岸夭桃翻粉蝶。虽然旷野不堪夸,却赛蓬莱山下景。"

黑风洞门前天井中:"松篁交翠,桃李争妍,丛丛花发,簇簇兰香,却也是个洞天之处。"从这个选址的眼光来看,那可比同样草根出身的白骨精不知高了多少。

孙悟空也是到灵台方寸山修行过的猴子,上至天庭,下至龙宫,也算是见过大世面的猴子,可是来到黑熊精的地盘,也不得不感叹:"这厮也是个脱垢离尘、知命的怪物。"

三、有文化有修养

无论哪个版本的黑熊精,都称不上高富帅,但是黑熊精绝对属于"关键看气质"的那种类型。书中说他"碗子铁盔火漆光,乌金铠甲亮辉煌。皂罗袍罩风兜袖,黑绿丝绦襕穗长。手执黑缨枪一杆,足踏乌皮靴一双。眼幌金睛如掣电,正是山中黑风王"。这描写怎么看都是一个威风凛凛的大将军形象。要问这通身的气质哪里来?答案便是腹有诗书气自华!

先说黑熊精向好友说自己生日时这样讲:"后日是我母难之日,二公可光顾光顾?"把自己生日说成是母难之日,比我们今天的读书人如何?

再说那黑风洞二门上贴的漂亮对联:"静隐深山无俗虑,幽居仙洞乐天真。"这对联的境界风格,比今天的读书人又如何?

其实,真正让我拜服黑熊精的,是他为开佛衣大会,给金池长老写的那封请束:

"侍生熊罴顿首拜,启上大阐金池老上人丹房:屡承佳惠，感激渊深。夜观回禄之难，有失救护，谅仙机必无他害。生偶得佛衣一件，欲作雅会，谨具花酌，奉扳清赏。至期，千乞仙驾过临一叙。是荷。先二日具。"

这文采，这文字，没有几年秀才功夫，估计很多人读都读不通顺吧！

四、有人脉有素质

黑熊精要过生日，明确表明要来参加寿宴的是他的两位好朋友：白衣秀士（白花蛇）和道人凌虚子（苍狼）。其实黑熊精人脉不止这些，书中说他"书写请帖，邀请各山魔王庆会"，可见黑熊精的人脉非常广，其中就包括了观音庙里与他以朋友相称的金池长老。

这黑风山离观音庙只有二十里地，黑熊精常来寺里和金池长老讲经说法，却从不捉吃寺庙里的和尚；他看到观音院里失火，首先想到的就是和尚们不小心，他得去救一救；偷了袈裟，他想的不是偷偷藏起来占为己有，而是广邀各山道官一起来开"佛衣会"；听说金池长老来洞里了，他让手下把袈裟收起来，他一个神通广大的妖精要给一个凡人长老面子！这素质，这涵养，别说金池长老，就是和当过天蓬元帅的八戒、卷帘大将的沙僧相比，也能把他们甩出去几条大街。

　　而就是这么一个英雄人物，在宣扬"众生平等"的唐僧口中却说："我闻得古人云：'熊与猩猩都相类，'都是兽类，他却怎么成精？"还是悟空解释说："老孙是兽类，见做了齐天大圣，与他何异？大抵世间之物，凡有九窍者，皆可以修行成仙。"所以从这里来看，唐僧的眼界还是差了点，但是菩萨眼界却不差，这么肥的水，绝不流外人田。

　　菩萨用本应该用于为取经人的禁箍收服了黑熊精，却并没有把黑熊精送给唐僧，而是让黑熊精给自己后山看门去了。有人说黑熊精算是因祸得福了，他从此脱离了妖，可以成仙得道进入上流社会了，但是，还记得黑风洞门口那副对联吗：静隐深山无俗虑，幽居仙洞乐天真。如果给黑熊精一个选择的机会，他会选择跟随菩萨吗？

　　没有人给他选择的机会，他头顶是菩萨给他戴上的禁箍，他肚里是孙猴子在闹腾，他的黑风洞被孙猴子一把火全烧了，除了跟菩萨走，他还能怎样？

同样是妖，差别怎么就那么大呢？

黑熊精是取经团收了悟空后遇到的第一个妖，黄风怪是取经团收了八戒后遇到的第一个妖，所以很容易就把这两个妖放一起对比。这不比不知道，一比吓一跳，同样是妖，差距怎么就那么大呢？

从学艺悟道的角度来看，黄风怪算是科班出身，灵吉菩萨说"他本是灵山脚下的得道老鼠"，拥有最得天独厚的教育资源，听的是如来亲授的经文。与之相比，那黑熊精就好比是社会上的自考青年，他只能到观音院里听听金池长老讲经，那金池长老充其量算是观音的弟子，在社会上只能算是二类培训机构。所以，如果黄风怪不偷吃如来的灯油的话，他的平台将是黑熊精奋斗一辈子都不能达到的高度。

然而，平民出身的黑熊精不仅成绩出色，而且在人文素质方面也是吊打科班出身的黄风怪。据那观音院的院主所说："只因那黑大王修成人道，常来寺里与我师父讲经，他传了我师父些养神服气之术，故以朋友相称。"勤学上进的黑熊精自学修成了人道，还乐于

将学习经验与朋友分享,坐拥黑风山却从不捉吃一个和尚,相比之下被灵吉菩萨称为"得道老鼠"的黄风怪则命他的虎先锋去山里巡逻,"要拿几个凡夫去做案酒"。不得不让人怀疑,这"得道老鼠"得的是哪门子道?

要说这黄风怪的功力,也确实有两把刷子,与孙悟空大战三十余回合,不分胜负。他还有独门绝活:三昧神风。这风有多厉害呢? 我们看书中原话:

"冷冷飕飕天地变,无影无形黄沙旋。穿林折岭倒松梅,播土扬尘崩岭坫。黄河浪泼彻底浑,湘江水涌翻波转。碧天振动斗牛宫,争些刮倒森罗殿。五百罗汉闹喧天,八大金刚齐嚷乱,文殊走了青毛狮,普贤白象难寻见……仙山洞府黑攸攸,海岛蓬莱昏暗暗。老君难顾炼丹炉,寿星收了龙须扇。王母正去赴蟠桃,一风吹断裙腰钏。二郎迷失灌州城,哪吒难取匣中剑。天王不见手心塔,鲁班吊了金头钻……这风吹倒普陀山,卷起观音经一卷。白莲花卸海边飞,吹倒菩萨十二院。盘古至今曾见风,不似这风来不善。唿喇喇,乾坤险不炸崩开,万里江山都是颤!"

这几乎就是取经团前方遇到的所有妖魔的集结号啊,所以要问一条路上为啥那么多磨难,估计还得从这黄风怪说起。但是这个黄风怪,除了他的独门绝技外,我还真找不出他身上的一丁点儿优点。

人家黑熊精看到观音院失火首先想到的是寺里和尚不小心,还要赶去帮忙救火,虽然看到袈裟起了私心,但偷了袈裟后就想着开一个佛衣会,就算孙悟空找上门来他也是敢做敢当。而这黄风怪一心就是捉凡人下酒,他的虎先锋帮他捉来了唐僧,他又担心孙悟空找他算账,接着埋怨他的先锋不该捉唐僧,再者就是逼他的虎先锋去给他拼命打仗,最后吹牛过度的虎先锋活活战死。

还有人说黄风怪并不想吃唐僧,这算不算他的善良呢?我们还是来看原文。

黄风怪见他的虎先锋捉了唐僧来,他说:"你不晓得。吃了他不打紧,只恐怕他那两个徒弟上门吵闹,未为稳便。且把他绑在后园定风桩上,待三五日,他两个不来搅扰,那时节,一则图他身子干净,二来不动口舌,却不任我们心意?"从这里可以看出,他不是不想吃唐僧,是怕唐僧的两个徒弟来了没法应付。本想捉几个凡人吃的黄风怪,此时捉了个唐僧,这就好比牌技拙劣的牌手,本想抓几个小炸练练手,可偏偏一手抓了一把天炸,总想留在最后慢慢享用,最后却活活憋死在了自己手上。

人家黑熊精虽然出身草根,最后却凭着一身能耐被观音菩萨收了编。这黄风怪本是灵山脚下的在编人员,却混成了服刑犯人。

看管他的狱警灵吉菩萨还有点玩忽职守,如来让灵吉菩萨捉黄风怪,灵吉菩萨却饶了黄风怪性命,放他隐性归山。如来让他监管,他却只顾讲经说法,不好好看管,那黄风怪吹了那么大的风,他竟然全然不知情。

这黄风怪呀,也就是冲撞了取经团,要不然,还不知道要在此地捉多少凡夫下酒呢!也难怪黄风怪会埋怨虎先锋怎么捉了个唐僧来啊!

如来启动取经工程时就说他"西牛贺洲,不贪不杀,养气潜灵",说他的"三藏真经,可以劝人为善"。可是地处灵山脚下,听着真经长大的黄风怪却要捉凡夫下酒,听着菩萨讲经悟道的鲤鱼在人间为害一方,听着如来说法的大鹏吃了狮驼国整整一个国家的人口!

可怕的是,取经团前往西牛贺洲的任务就是——取经!

不患寡而患不均

要说人参果这一难啊，还真不能算取经团的劫难。人家不阻取经路，这里也没有妖怪，还相当配合取经团，主人交代童子拿出珍贵的人参果宝贝来招待取经团团长。如果取经团能够不贪不杀，他们是完全可以顺利通过万寿山五庄观的，原本是个美好的开局，怎么就变成了一场灾难呢？

人参果产自万寿山五庄观，整个四大部洲只此一家，绝对的专有技术。"三千年一开花，三千年一结果，再三千年才得熟，短头一万年方得吃。似这万年，只结得三十个果子"。数量少还是其次，关键是质量绝佳。"人若有缘，得那果子闻了一闻，就活三百六十岁；吃一个，就活四万七千年。"三十个果子，只在开园时"大众共吃了两个，还有二十八个在树"，书中说这五庄观镇元大仙"门下出的散仙，也不计其数，见如今还有四十八个徒弟，都是得道的全真。"一众人等一起分吃两个人参果，我不知道他们是怎么吃的，反正可见这果子很是珍贵，镇元大仙对其宝贝的程度也可见一斑，却交代徒弟们拿两个果子招待唐僧，这给唐僧的可是天大的面子啊！

　　原来,据镇元大仙说:"那和尚乃金蝉子转生,西方圣老如来佛第二个徒弟。五百年前,我与他在'兰盆会'上相识。他曾亲手传茶,佛子敬我,故此是为故人也。"这就好比我们今天参加一次大型的公司宴会,在酒席宴上某人向自己敬了一杯酒这么简单。镇元大仙今世要用他那么宝贝的人参果来回馈唐僧,这可不仅是唐僧有面子,乃是如来的徒弟金蝉子有面子,说白了,镇元大仙就是为了巴结唐僧,讨好如来。

　　如果仅就镇元大仙和金蝉子五百年前那点交情来说,他今天不请唐僧吃人参果,就只是留宿取经团一晚,就足够对得起唐僧这个故人了,可他偏要巴结讨好唐僧,只是呢,唐僧人参果的数量实在有点蹊跷:两个!

　　不给没有关系;给一个也没事,唐僧作为师父,取经团团长自己吃了也说得过去;给三个也好办,唐僧奖励给三个徒弟,既高风亮节又体贴下属;当然给四个那就更好了,可偏偏就是给两个。这让唐僧怎么办? 怎么吃? 怎么分?

　　两个自己都吃了? 且不说别人会怎么说,就那贪嘴的八戒知道了就不知会唠叨多久。

　　自己吃一个,另一个给谁?

　　自己不吃,两个都给徒弟,那三个徒弟也不够啊,谁吃谁不吃?

　　所以,怎么分都是个问题!

　　唐僧干脆来个不吃,别说唐僧看着人参果模样心生恐惧而不敢吃啊,本难最后唐僧可是妥妥吃了一个。此一时彼一时,这时就是不能吃,也没法吃,不患寡而患不均啊!

唐僧终归是小看了他的三个徒弟,那悟空是连王母的蟠桃都敢偷的,何况这五庄观的几个果子,后面情节大家也都知道了,悟空不仅偷吃了果子,还推倒了人参果树。

镇元大仙回来后就是好一大番折腾,书中用了二十四、二十五、二十六三回的笔墨来写这一难的折腾。不打不相识,镇元大仙提出要悟空赔他的人参果树,并承诺如果孙悟空医活果树就和悟空八拜为交,结为兄弟。

这取经团团长是唐僧,如来弟子是唐僧,镇元大仙最初巴结讨好的也是唐僧,到这里要八拜结交的不应该是唐僧吗?怎么突然就变成孙悟空了?只能说,镇元大仙是有眼光的,他看出来了,整个取经团里,能结交朋友的,只有悟空。

是,偷果子的是悟空,吃果子的是悟空,推倒果树的也是悟空,可是悟空偷果子不是给自己吃独食,是仨兄弟分吃了。而且盗亦有道,无论八戒怎么央求悟空再去偷几个,悟空都不肯去了,非常知足也很尊重人参果的价值。

在清风、明月跟前也是敢做敢当。被镇元大仙捉回来后,替唐僧挨打、下油锅,想方设法帮唐僧逃跑,最后四海求取医树仙方。相比,唐僧干什么了?

唐僧是没偷吃果子,可是三个徒弟的行为他没有管教的责任

吗？当三个徒弟闯出祸来，他想的不是怎么去化解纠纷承担责任，而是一心想要快点逃跑。被人家捉回来了，悟空替他挨打，他不是教训徒弟们悔过，而是抱怨他们："你等闯出祸来，却带累我在此受罪，这是怎的起？"悟空看不下去了，说他："且休报怨，打便先打我。你又不曾吃打，倒转嗟呀怎的？"唐僧却说："虽然不曾打，却也绑得身上疼哩。"每次有难，三个徒弟都是为你冲锋陷阵，这会儿有苦头了，却责怪徒弟们带累他吃苦，有功居功，有责任不担，天下哪里有这等便宜事？

最可恶的是，悟空好不容易与镇元大仙达成和解，悟空去四处寻找医树仙方，镇元大仙都没有限定悟空时间，唐僧却只给悟空三天时间："就依你说，与你三日之限。三日里来便罢；若三日之外不来，我就念那话儿经了。"三天不回来，他就要念紧箍咒了！这就不明白了，你念紧箍咒能把人参果树念活吗，能念得让镇元大仙放你西去吗？除了能让悟空头痛，那紧箍咒有什么用？最终悟空还得央求福禄寿三星向唐僧求情多宽限几天，看到这里，也就完全明白了为什么镇元大仙要交悟空这个朋友了！

悟空在这一回里相当的无助和困扰，最终虽然请来了观音菩萨，医活了人参果树，那也是使出了"洪荒之力"，几乎是动用了悟空所有的人脉关系，而镇元大仙也确实对得起悟空这个朋友，在皆大欢喜时开了一个人参果会，对悟空来说，也是够讲义气了。

这次聚会，镇元大仙下了多大血本呢？他做了个用宝贝的人参果招待众仙。"菩萨与三老各吃了一个,唐僧始知是仙家宝贝,也吃了一个。悟空三人,亦各吃了一个。镇元子陪了一个,本观仙众分吃了一个。"

　　唉,算了半天才算清楚:一共十个! 还是很好奇众仙分吃一个是怎么吃的。不过取经团是皆大欢喜了,毕竟每人都吃到了一个啊!

白骨精有没有能力拆散取经团？

白骨精变化多端，唐僧肉眼凡胎，悟空有嘴说不清，在这一难中，唐僧和悟空之间的误会达到了高潮，唐僧赶走了孙悟空，取经团此后差点散了伙。有人恨白骨精就是因为她的狡猾心机，使得悟空被赶出取经队伍，可是仔细想一想，真就是白骨精一己之力，让唐僧赶走了孙悟空，让如来和观音精心策划的取经大业差点夭折吗？

在取经团的整个历程中，遇到草根出身的妖精不少，但是如果白骨精号称草根第二的话，还没人敢称第一。受 1986 版电视剧影响，会觉得白骨精有洞府，有手下将兵，其实书中的白骨精并不是这样的。

白骨精占据着白虎岭的一个山头，第一次要变作村姑去骗唐僧时是"好妖精，停下阴风，在那山坳里，摇身一变，变做个月貌花容的女儿"，变作老妇时是"在那前山坡下，摇身一变，变作个老妇人"，变作老翁时是"按耸阴风，在坡山下摇身一变，变作个老公公"，整个一回里没有提到白骨精洞府，她的栖身之地可能就是山

105

坡草丛，她手下一兵一卒都没有，死后一堆白骨散落荒野。不过白骨精是草根出身的最能干的妖精，与《西游记》里所有的妖精不同的是，白骨精走出了《西游记》，成为当代职场上一些白领女性的代名词。

白骨精变作的村姑月貌花容，"说不尽那眉清目秀，齿白唇红"，可见她足够漂亮；她三次变幻形象，能准确把握唐僧的性格弱点，拿住取经团的矛盾焦点，而且精心设计演出剧本，可谓是一环套一环，情节滴水不漏，可见她聪明、能干、专注、执行力强，不达目的不罢休。

而且最让我佩服她的是，她是第一个知道唐僧肉长生不老消息的妖怪，在此之前只有如来、观音和万寿山五庄观的镇元大仙知道唐僧是金蝉子转世，他们都没说过金蝉子转世的唐僧肉长生不老，常参加蟠桃会的如来、观音自不必说，守着一园子人参果树的镇元大仙也没有吃唐僧肉的必要。得道的黄风怪也只是知道"三藏法师乃大唐奉旨意取经的神僧"，至于唐僧肉的功效，他是不知道的。

这些神通广大的神都不知道，草根出身的白骨精却知道，"几年家人都讲东土的唐和尚取'大乘'，他本是金蝉子化身，十世修行的原体。有人吃他一块肉，长寿长生。"这个消息谁散布的不清楚，但是白骨精是书中第一个获知这个消息的妖精，而且她为此付出了生命的代价，不可不说心比天高，命比纸薄。

白骨精再能干，也终是没有权势，没有资金，没有人脉，她真的能干到可以拆散取经团吗？

《红楼梦》里，抄检大观园时，探春曾说："可知这样大族人家，若从外头杀来，一时是杀不死的，这是古人曾说的'百足之虫，死而不僵'，必须先从家里自杀自灭起来，才能一败涂地！"取经团是如来菩萨精心打造的工程，不仅给唐僧配备了悟空、八戒和沙僧，还派了六丁六甲、五方揭帝、四值功曹、一十八位护教伽蓝，各各轮流值日听候守护唐僧。这么大的一项工程，若不是内部出了问题，怎么可能让人从外部杀进来呢？所以一切恐怕还得从取经团内部说说。

在白骨精这一回开篇，唐僧让悟空去化斋，悟空没体谅师父，还回顶师父："师父好不聪明。这等半山之中，前不巴村，后不着店，有钱也没买处，教往哪里寻斋？"悟空你真是昧着良心说话啊，你不是可以腾云驾雾吗，你不是可以翻筋斗云吗，路程远近对你来说还是个问题吗？

师父当然心中不快，骂悟空"不肯努力，常怀懒惰之心"，不过这唐僧啊骂悟空就骂悟空呗，不该翻旧账："你这猴子！想你在两界山，被如来压在石匣之内，口能言，足不能行；也亏我救你性命，摩顶受戒，做了我徒弟。"所谓施人之恩不发于言，总是提醒他人不要忘恩，这恩情就会变成道德绑架。

在唐僧这样的言语压力下，悟空虽去化斋，却并不是心悦诚服,还要撂一句:"师父休怪,少要言语。我知你尊性高傲,十分违慢了你,便要念那话儿咒。"这时的悟空显然没有把唐僧放在眼里,与其说他尊敬唐僧,不如说他更怕紧箍咒。唐僧对悟空也是一肚子怨言,所谓的师慈徒孝根本就不存在。

白骨精变化的村姑骗取了唐僧的信任,唐僧等人将要跟着白骨精走时,孙悟空及时赶到,但是唐僧宁可相信白骨精也不信悟空,悟空气急败坏下就口无遮拦了:"师父,我知道你了。你见她那等容貌,必然动了凡心。若果有此意,叫八戒伐几棵树来,沙僧寻些草来,我做木匠,就在这里搭个窝铺,你与她圆房成事,我们大家散了,却不是件事业? 何必又跋涉,取甚经去!"悟空这段话说得可够毒的,俗话说打人不打脸,骂人不揭短。这能不让唐僧想起"四圣试禅心"的尴尬吗?

在四圣试禅心那一回中,悟空凭借火眼金睛明明知道内情却不向师父传达信息,若不是八戒色胆包天走在前面去蹚雷,唐僧将会遭遇什么不可收拾的局面? 所以这话不仅揭了唐僧的短,也戳了八戒的痛,在不喜欢孙悟空这事上,唐僧和八戒第一次站在了同一立场上。那沙僧是刚刚进入组织,形势不明,还不知道怎么站队,能做的就是保持沉默。悟空在离开时告诫沙僧:"贤弟,你是个好人,却只要留心防着八戒言语,途中更要仔细。"

当悟空打死白骨精后,看到一堆骷髅,本来唐僧已经相信这就是一个妖怪了,可八戒只两句话就让唐僧重新念起了紧箍咒:"师

父,他的手重棍凶,把人打死,只怕你念那话儿,故意变化这个模样,掩你的眼目哩!"真是不怕没好事,就怕没好人,原本已经信了悟空的唐僧耳根子又软起来,念起紧箍咒,还立意要把悟空赶走。

再有就是,那悟空除了功高盖主外,他还有火眼金睛,可以随时掌握敌情和形势,唐僧却没有,这导致唐僧这个领导与悟空徒弟的信息极不对称。那孙悟空腾云驾雾,想上天就上天,想入地就入地,想跑菩萨那里告状就告状,这唐僧却不能,几次见观音他都是远远地顶礼膜拜,这导致唐僧这个团长与上层领导的沟通渠道极不畅通。那孙悟空几次三番不听劝阻,炫耀袈裟招来黑熊精,推翻人参果树连累唐僧,打死人惹上官司还要连累唐僧,这样的徒弟,要他干嘛?

其实到这里,那白骨精是人也好,是妖也罢,这已经不重要了,重要的是唐僧不想要孙悟空了,取经团里孙悟空是待不下去了。

在接下来的奎木狼变化的黄袍怪一难中,悟空临危受命,赶回来救了唐僧后,就重返取经团了。一直到最后,唐僧也没有弄清楚,白骨精到底是人还是妖。

放下屠刀，立地成佛

我们不知道《西游记》里的神仙在天上是吃什么度日的。蟠桃会上的蟠桃和龙肝凤髓肯定不是神仙们的日常食品，在狮驼岭收大鹏时，大鹏说如来那里是"持斋把素"，除此之外，书中没有涉及神仙们的日常饮食的情节。但是，所有的神仙，无论是玉帝天宫，还是如来佛界，只要下界为妖，一律吃人。

奎木狼下界的黄袍怪如此，太上老君的烧火童下界的金角、银角如此，灵山得道的黄鼠如此，听菩萨讲经得道的鲤鱼精也是如此，猪八戒如此，沙僧如此，其实，就是大家非常喜欢的孙悟空也是如此。

很多人曾经对花果山福地、水帘洞洞天无比向往，花果山是"林中有寿鹿仙狐，树上有灵禽玄鹤。瑶草奇花不谢，青松翠柏长青"。水帘洞里是"烟霞常照耀，祥瑞每蒸薰。松林年年秀，奇花日日新"，在此中生活的猴儿们是"在仙山福地，古洞神洲，不伏麒麟辖，不伏凤凰管，又不伏人间王位所拘束，自由自在，乃无量之福"。

然而，第二十七回白骨精这一回，白骨精变化的美女诱惑唐

僧,不听悟空劝解,悟空这么对唐僧说:

"师父,你哪里认得!老孙在水帘洞里做妖魔时,若想人肉吃,便是这等:或变金银,或变庄台,或变醉人,或变女色。有那等痴心的,爱上我,我就迷他到洞里,尽意随心,或蒸或煮受用;吃不了,还要晒干了防天阴哩!"

由此可见,花果山美猴王在吃人这件事上,和西天取经路上遇到的占山妖王是一样的!

孙悟空被唐僧赶回花果山后看到,花果山的猴子除了被二郎神灭了一大半外,多是受尽了山下猎人的折磨。群猴垂泪告诉悟空:"自大圣擒拿上界,我们被猎人之苦,着实难捱!怎禁他硬弩强弓,黄鹰劣犬,网扣枪钩,故此各惜性命,不敢出头玩耍。"有些小猴不幸中箭中毒被猎人逮住后,"拿了去剥皮剔骨,酱煮醋蒸,油煎盐炒,当做下饭食用。或有那遭网的,遇扣的,夹活儿拿去了,教他跳圈做戏,翻筋斗,竖蜻蜓,当街上筛锣擂鼓,无所不为地玩耍"。

世上没有无缘无故的爱,也没有无缘无故的恨。猎人欺猴太甚,猴王岂能甘休?猴王作起大风,将那碎石,乘风乱舞,千余猎人一个个"石打乌头粉碎,沙飞海马俱伤。人参官桂岭前忙,血染朱砂地上""人亡马死怎归家?野鬼孤魂乱似麻"。连猴王自己都觉得可笑,他自从跟了唐僧,做了和尚,"打杀几个妖精,他就怪我行凶;今日来家,却结果了这许多猎户"。

当然此时行凶的悟空尚可理解,毕竟他是在为死去的小猴们报仇。那么接下来悟空的手段就让人看不懂了。

猪八戒请孙悟空回去降伏黄袍怪，孙悟空到了黄袍怪洞府，先捉了黄袍怪两个孩子站在高崖之上，意欲往下掼，百花公主上前阻止，悟空对公主说："我有个师弟沙和尚在你洞里。你去放他出来，我把这两个孩儿还你。似这般两个换一个，还是你便宜。"公主闻言赶紧去把沙僧放了，而悟空却没有依承诺放了公主的两个孩儿。

悟空吩咐八戒和沙僧到宝象国后，"你两个驾起云，站在那金銮殿上，莫分好歹，把那孩子往那白玉阶前一掼。有人问你是甚人，你便说是黄袍妖精的儿子，被我两个拿将来也"。这还是那个有情有义的悟空吗？还是入了佛门不打诳语的出家人悟空吗？还是那个一诺千金、言出必行的悟空吗？明明说好的，放了沙僧就把两个孩儿还人家的啊！难怪公主会骂他："你这和尚，全无信义：你说了放了你师弟，就与我孩儿；怎么你师弟放去，把我孩儿又留，反来我门首做甚？"公主说得句句在理，可是那悟空一方面没有遵守与公主的前言承诺，又进一步在公主面前撒谎："公主休怪。你来的日子已久，带你令郎去认他外公去哩。"无论公主多么愤怒，无论公主怎么配合取经团营救唐僧，公主的两个孩子始终没能救下来。"八戒、沙僧，把两个孩子，拿到宝象国中，往那白玉阶前摔下，可怜都掼做个肉饼相似，鲜血迸流，骨骸粉碎。"

孙悟空打死了白骨精后，唐僧责怪他滥杀无辜而把他赶走了；孙悟空回花果山后杀了千名猎户，又在宝象国杀了两个孩童后，没

有被追究任何责任而神奇归队了。

　　以千名猎户和两个孩子的生命为代价,悟空用一种近乎残忍的方式再次向我们表明,白骨精到底是人还是妖,这个真的不是他被赶出取经团的原因。

太上老君的几桩罪

在西游人物中，太上老君是个怎么也绕不开的人物，有人说他与玉帝争权，有人说他与观音等佛派暗通，还有人说孙猴子就是他一手培植的，这些都只是人们的捕风捉影，至少在《西游记》中是没有根据的。如果必须要从《西游记》中找根据的话，大致可以找出太上老君的这几桩罪。

第一，治家不严，泄露天机。《西游记》里第一大悬疑就是，到底谁泄露了"吃唐僧肉可以长生不老"之说？在整本书中第一个说出唐僧身世及唐僧肉功效的是白骨精，但是出身草根的白骨精只是道听途说，金角、银角二人就不一样，他们生活在天界，信息渠道比白骨精更为畅通，信息来源也更可靠，众所周知，这金角和银角正是太上老君的烧火童。

金角对银角说："我当年出天界，尝闻得人言：唐僧乃金蝉长老临凡，十世修行的好人，一点元阳未泄。有人吃他肉，延寿长生哩。"从这里可以看出，天界早有人散布唐僧肉功效的信息，金角是给太上老君看锅炉的童子，这童子能经常听到这种消息，说明在太上老君的兜率宫是有人议论的，散布者即便不是太上老君，也脱不

了治家不严之罪。

第二,姑息养奸,玩忽职守。孙猴子大闹天宫的戏份太经典,以至于人们总认为孙猴子本领高强,打遍天宫无敌手,等孙猴子跟随唐僧取经后,大家才疑惑为什么这时的孙猴子连很多不知名的小妖怪都打不过？这只能说明当年天宫里不是没有能人,而是能人没有忠于职守,太上老君就是其中重要的一个。金角、银角二人只是给老君看锅炉的童子,他们的功夫如何呢？银角魔头可谓智勇双全,念动真言,就可以移山倒海,让悟空吃尽苦头,而且他还拘唤山神、土地为奴仆,替他轮流当值！连向来目中无人的孙猴子都不得不感慨:“天啊！既生老孙,怎么又生此辈?”真正与悟空动起手来,两个魔头每个都能与悟空单打独斗几十回合不分胜负。

所以,当年那孙猴子从八卦炉中跳出来,就算太上老君自己不出手,派这两个童子上场,怎么可能会让他那么轻易地脱离兜率宫,打到灵霄宝殿外面？这还不算,在这一难中,暴露了太上老君的五件宝贝:紫金红葫芦、羊脂玉净瓶、七星剑、芭蕉扇、幌金绳。这五件宝贝哪一件拿出来都能轻易收了孙猴子！奇怪的是,当年太上老君一个都没用！他和观音在天上观战,为了帮二郎神,也只是用金刚琢绊倒猴子。抓住猴子后又提出将猴子放入八卦炉里烧,就是不提他这五个宝贝,最后任由一个猴子从普通的神仙练成金刚不坏之身,火眼闪电之睛！这个玩忽职守的锅,老君是无论如何都得背的。

　　第三,风流成性,拈花惹草。在金角、银角提到的五件宝贝中,太上老君亲口承认"葫芦是我盛丹的,净瓶是我盛水的,宝剑是我炼魔的,扇子是我扇火的",这些被金角、银角偷走都可以理解,但是那幌金绳是干嘛的呢? 太上老君说:"绳子是我的一根勒袍的带。"就是老君的一根勒袍子的带啊,这么私密且天天要用的物件也能被偷走吗?

　　更为奇怪的是,这个勒袍子的带还不在金角、银角手中,而在压龙山一个九尾狐狸手里。书中说这老狐狸"雪鬓蓬松,星光晃亮。脸皮红润皱文多,牙齿稀疏神气壮。貌似菊残霜里色,形如松老雨馀颜。头缠白练攒丝帕,耳坠黄金嵌宝环"。那狐狸出门,都有几个小女怪"捧着减妆,端着镜架,提着毛巾,托着香盒,跟随左右"。怎么看都觉得这老狐狸是半老徐娘,风韵犹存,那年轻时的容颜和风韵真是可想而知。在整部书中,提到狐狸的地方有三处,一处是牛魔王的小妾玉面狐狸,一处是比丘国国王的小妾白面狐狸,再一处就是这个九尾狐狸了,她手中竟然常拿着老君的束袍带,她灵力低微,金角、银角还齐叫她母亲,这其中的奥妙,读者只要稍开一点脑洞,就能猜出几分!

　　到这一难结束,老君带走了金角、银角,拿回他的五个宝贝,都没有人再提起九尾狐狸,而且老君对悟空,对取经团一直客气有加,怪哉?

　　不! 因为很快读者就会发现,老君的芭蕉扇又奇迹般地到了另一个女人手中。

最憋屈的狮子

取经团遇到的劫难中,有些是高层领导疏忽大意造成的,比如黄风怪;有些是被高层领导暗中策划的,比如太上老君的金角、银角;这些下界为妖的在凡间都会为己谋些私利,轻微的抓几个凡夫下酒,恶劣的为害一方,刮尽民脂民膏。但是,有一个妖怪,他奉佛旨下界,做尽好事后却给自己带来了难言之苦,八戒说他"真个是'糟鼻子不吃酒——枉担其名'了"。他就是乌鸡国里的青毛狮子。

看过乌鸡国一回的读者普遍会同情乌鸡国的国王,他被青毛狮子扔入井里泡了三年。因为国王说,在乌鸡国大旱三年国库空虚之时,"文武两班停俸禄,寡人膳食亦无荤。仿效禹王治水,与万民同受甘苦,沐浴斋戒,昼夜焚香祈祷"。这么好的国王却被青毛狮妖骗入井里,这狮子是有多不厚道呀!

然而,狮子厚道不厚道我们等会儿再说,现在要看清乌鸡国国王到底是个怎样的人,我们还得用事实说话。

乌鸡国国王向唐僧诉苦:"我这里五年前,天年干旱,草子不生,民皆饥死,甚是伤情"唐僧说道:"古人云:'国正天心顺。'想必

117

是你不慈恤万民。"唐僧还建议他"开了仓库,赈济黎民"。那国王说他"国中仓廪空虚,钱粮尽绝"。他们国家的钱真的因大旱而空虚吗？国库钱去哪儿了？

　　且看取经团初到乌鸡国的一幕。取经团来到乌鸡国见到的第一座建筑物就是"敕建宝林寺",这寺庙修建的怎么样呢？唐僧在马上遥观,看到的是"楼台迭迭,殿阁重重",悟空跳入空中仔细看是"八字砖墙泥红粉,两边门上钉金钉"。这让来自大唐盛世的唐三藏都大开眼界,不由感叹:"我那东土,若有人也将泥胎塑这等大菩萨烧香供养吗,我弟子也不往西天去矣。"大唐盛世都没有塑这般恢宏的大菩萨像,这乌鸡国大旱之年连赈灾的物资都没有,却把佛殿修得如此富丽堂皇！

　　而如此奢华的宝林禅寺是谁修建的呢？敕建,意思是皇帝特意下的命令建造的。而且乌鸡国太子看到"敕建宝林寺"时也说:"向年间曾记得我父王在金銮殿上差官赍些金帛与这和尚修理佛殿佛像。"这大概才是国库银两的真正去处吧！如果这寺庙是在大旱之前修的,那只能说国库修寺亏空,无力赈灾,国王治国能力差,国库预算资金都没做好。如果是在大旱之后修的,那骂这国王一句无道昏君,是不是一点儿也不为过？

　　当然,也不用怀疑国王的一颗敬佛之心,只是他不只是一个教徒,吃斋念佛敬佛礼佛外,他还是一国之君,千万百姓的衣食父母,他身上肩负的是千万百姓的身家性命。一个治理不好国家的国王，一个不能让百姓安居乐业的国王，空有一颗敬佛礼佛的心，佛也不能认可他是一个好国王！

不过，算不算好国王，不是我们来评价的，如来还真因他"好善斋僧"而让文殊菩萨度他归西，本来对他来说是件好事，可惜他没有识别文殊的身份，把文殊捆在御水河浸了三天三夜，文殊为报三日水灾之恨，要让他在井里待三年。青毛狮子就是为了替文殊菩萨报仇而奉旨下界的。

从天上下界的神仙，有的兴风作浪为害一方，有的打着完成领导任务的旗号顺带满足私欲，有的私逃下界鱼肉百姓，这个狮子却是众神中的一股清流。它奉旨下界后呼风唤雨，解了乌鸡国大旱之急；执政期间不仅出色地完成了领导安排的任务，而且对国家对百姓治理有方；他没有抓吃一个凡人，没有祸害一个官员。文殊菩萨都说"自他到后，这三年间，风调雨顺，国泰民安"，加上他与国王相处两年，整整五年时间，他保乌鸡国"风调雨顺，国泰民安"，这样一个假国王，与真国王相比，哪个是真，哪个是假？

即便如此，取经团也不想放过这只狮子，孙悟空质疑他与三宫娘娘同眠同起，可能会玷污嫔妃身体，坏了纲常伦理。到了此时，为了证明狮子真的是好狮子，菩萨才告诉我们："他是个骟了的狮子"！

作为领导的坐骑，狮子服从组织安排，帮领导解忧，为领导报仇；作为乌鸡国的代国王，他为民解困，保国无忧。如此兢兢业业，

结果换来的却是被剥夺了一只雄狮的尊严,狮子心里有多憋屈?

然而,憋屈的又何止是狮子一个? 唐僧与悟空商量救国王,最后下井背尸的却是八戒;唐僧和八戒逼悟空救人,损失金丹的却是老君;菩萨要报国王私仇,承受三年大旱的却是乌鸡国的百姓!

不知狮子走后,真的乌鸡国国王归位,他是否从此更加敬佛斋僧? 不知乌鸡国是否会再修建更加奢华的寺庙? 不知乌鸡国是否会再有旱灾? 再有旱灾险情时,是否还会再有狮子? 是否有人会怀念狮子执政的五年岁月?

都是扇子惹的祸

在《西游记》里的妖怪中,有的妖怪要吃唐僧,有的妖怪要嫁唐僧,有的妖怪为害一方惹怒唐僧,还有的妖怪纯粹奉命考验唐僧……而牛魔王和他的妻妾却很另类,他们不吃唐僧,不嫁唐僧,不阻挠唐僧,也不为害四方。最终却死的死,散的散,原因就是牛魔王老婆手中的那把扇子。

牛魔王一家中,除了初生牛犊的红孩儿是主动招惹了取经团外,其他人真和取经团没有太大关系。取经团在火焰山遇阻,这火焰山的火既不是老牛一家放的,也不是老牛一家为害一方的工具,反而铁扇仙的扇子还保一方五谷丰登。我常常会想,如果老牛家里没有那把芭蕉扇,老牛一家是否就安全了?

我觉得关于这个问题,得从牛魔王自身说起。仔细看牛魔王这牛啊,他可真是太牛了,所谓"高手在民间",这老牛就是天庭、佛界共同遗漏又突然共同看中的民间高手。是高手,难免就调调高、气性高,树高不一定根深,但是树高一定是会招风的。

这牛魔王招风的第一原因就是:富。这牛可不是一般的富,是

富可敌国的富。他和原配夫人铁扇仙坐拥翠云山，悟空第一次到这地方，就认为这是个好去处，"诚然是千年古迹，万载仙踪。碧梧鸣彩凤，活水隐苍龙"。而且原配夫人铁扇仙还享用着火焰山周围百姓的香火供应，据当地老者说，当地人布种收割，都要拜求铁扇仙息火降雨，"我这里人家，十年拜求一度。四猪四羊，花红表里，异香时果，鸡鹅美酒，沐浴虔诚，拜到那仙山"。可见铁扇仙凭借这把能扇火的扇子，生活过得相当富足。

　　而且老牛的富还真不是他一人富，而是全家致富奔小康。他的弟弟如意真仙守着女儿国附近的落胎水，方圆百里"欲求水者，须要花红表礼，羊酒果盘，志诚奉献，只拜求得他一碗儿水哩"。他的儿子红孩儿镇守"六百里钻头号山"，连当地山神土地都得香火供应他。这还不算，积雷山的玉面公主倒陪百万家私招赘牛魔王，牛魔王能弃了铁扇仙而久不回家，除了玉面公主长得美外，那积雷山的财富肯定比翠云山、火焰山多得多了才是，所以到此我们就可以想象老牛他富到什么程度！

　　这老牛富也便罢了，他招风的第二原因是"炫富"。就他家这芭蕉扇宝贝吧，火焰山的百姓知道，火焰山的土地知道，翠云山随便一个樵夫都知道，就连远在几万里之外的灵吉菩萨也知道！火焰山百姓供应他家香火时，不仅要置办美酒美食，还要沐浴虔诚，这谱摆的可够大的。真的很想问老牛一句，你是生怕别人不知道你富呢，还是生怕别人不知道你有宝扇呢？

再看老牛去碧波潭龙宫赴宴，他可不是直接飞过去的，他乃是有"车"一族！他的专驾坐骑是辟水金睛兽。在《西游记》里像孙悟空这样会腾云驾雾的，在天上也就是"屌丝"一枚，有坐骑的才是"高富帅"。我们盘点一下书中明文说了有坐骑的神仙：观音菩萨（金毛犼），普贤菩萨（白象精），文殊菩萨（青狮精），地藏菩萨（谛听），太上老君（青牛精），东华帝君（九头狮），南极仙翁（白鹿精），这一串名单就能让我们看清楚有坐骑的都是什么样的人物！

但是，平时这些大咖神仙外出都很低调，不是出公差一般还不敢公骑私用。也正因此他们的坐骑很少公开露面，取经团都不认识其主人是谁，每次都是到取经团快要把坐骑打死的危急时刻，他们的主人才露面求情。可是牛魔王就不一样，他不服天庭，不受制于佛界，不是体制内的人，什么车都敢开，什么表都敢戴，如此高调混江湖，摊上大事似乎也是迟早的事。

老牛招风的第三个原因就是拉仇恨。这牛魔王在《西游记》中出现得很早，第三回就提到牛魔王和孙悟空结拜，但是一直到第四十回红孩儿处，孙悟空才提及"想我老孙五百年前大闹天宫时，遍游天下名山，寻访大地豪杰，那牛魔王曾与老孙结七兄弟。一般五六个魔王，止有老孙生是小巧，故此把牛魔王称为大哥"。显然在孙悟空被压五指山的五百年时间内这个结拜大哥是从没去看过他这个结拜兄弟的，而且在孙悟空服刑的五百年时间里，结拜大哥发了财、娶了妻、生了子、养了妾……

与孙悟空时隔五百年再见面，一出场的老牛就气度不凡："头上戴一顶水磨银亮熟铁盔；身上贯一副绒穿锦绣黄金甲；足下踏一双卷尖粉底麂皮靴；腰间束一条攒丝三股狮蛮带。一双眼光如明镜，两道眉艳似虹霓。口若血盆，齿排铜板。吼声响震山神怕，行动威风恶鬼慌。"这就是坐满五百年刑期后头戴紧箍咒的悟空在积雷山见到的牛魔王的模样。

这样的老牛很容易让我们想起第十七回"手执黑缨枪一杆，足踏丝绦皮靴一双"的黑熊精。可是，黑熊精好歹是个勤学上进的好青年，常到观音寺听老和尚讲经说法，而那牛魔王却经常到碧波潭龙王家吃酒取乐，纯就是不学无术、游手好闲的纨绔子弟。这世道，就是如此的不公平，因为不平，路上必须有人来一声吼。别人对老牛的仇恨也算是他自己拉来的。

老牛招风的第四个原因是"政治觉悟"太低。对于老牛家里这芭蕉扇，灵吉菩萨说："他的那芭蕉扇本是昆仑山后，自混沌开辟以来，天地产成的一个灵宝。"这和万寿山五庄观的人参果很类似，第二十四回说那人参果是"混沌初分，鸿蒙始判，天地未开之际，产成这颗灵根。"宝物很相似，但老牛远没有五庄观镇元大仙那样的高觉悟。

镇元大仙虽是人间的神仙，但他五百年前就是如来"兰盆会"的座上客，从沙僧口中得知，他还曾把人参果作为王母的祝寿礼在蟠桃宴上奉献过。他不仅结交上层人士，对于上层人士的接班人也非常关注。比如听说取经团路过，特交代徒弟送两个人参果给取经团团长。相比之下，牛魔王的政治敏锐性就低了太多了，他不仅没有巴结讨好过任何上流社会，就连取经团急需借用他家芭蕉扇也不予理会，老牛啊老牛，你当真觉得有钱能使鬼推磨啊！

木秀于林，风必摧之。老牛聪明一世也糊涂一世，他不懂得藏愚守拙，不会在现实世界里八面玲珑，再加上他还有个坑爹不商量的儿子，他从一个天不能拘地不能束的地头蛇沦落到妻离子散的阶下囚，其中变故不得不让人唏嘘感慨，却也似乎又是意料之中。

无论是书，还是影视作品，都一律表现的是取经团借芭蕉扇，但是，无论是书，还是影视作品，读者都看不出来孙悟空在"借"芭蕉扇。

铁扇仙说："我的宝贝原不轻借。"孙猴子就说："既不肯借，吃你老叔一棒！"请问，这是借吗？

有道是朋友妻不可欺，孙猴子为了借扇，钻入铁扇仙肚子里，逼迫铁扇仙时说："你才认得叔叔吗？我看牛大哥情上，且饶你性命。快将扇子拿来我使使。"请问，这是借吗？

孙猴子到积雷山见到玉面公主，一言不合就掣出铁棒大喝，吓得玉面公主魂飞魄散。这就难怪老牛见到孙猴子就骂他："常言道：'朋友妻，不可欺；朋友妾，不可灭。'你既欺我妻，又灭我妾，多大无礼？"老牛其实问的就是：你是来借扇的吗？

最后，为了收复老牛这个暴发户，佛界来了四大金刚，天庭来

了托塔李天王等,在他们和取经团的联合绞杀下,老牛不得不低下了倔强的牛头。所谓杀牛不过头点地,老牛降了,扇子自然也就借了。

老牛一家是归降了,只是可怜了那积雷山的玉面公主,她被猪八戒一钯筑死,还被剥开衣服看!积雷山被放火烧了,所有群妖都被扫荡干净,积雷山的百万财富不知去向何方。然而,玉面公主从来就没有想过吃唐僧,没有想过阻拦唐僧,没想过嫁唐僧,更重要的是,她的手里,也没有芭蕉扇!

命永远比面子重要

车迟国虎鹿羊三个妖怪，他们自学成才，练就一番真本领，虔心敬意日夜诵经，保车迟国二十年风调雨顺，他们惊得了玉帝，请得了风神，管得了雨婆，制得了土地，拿得了龙王，他们最终悲惨的结局，只是因为他们自己太要面子！也许到死他们都不能明白，面子和命相比，到底哪个更重要？

车迟国大旱，虎鹿羊三妖呼风唤雨，他们靠的是真才实学，至于那些求不来雨的和尚们的遭遇，虽然非常可怜也值得同情，但是拆他们山门、毁他们佛像、追他们度牒、不放他们回乡的都是车迟国的国王所为，虎鹿羊三妖最多也就是没有同情和善待这些和尚而已。

虎鹿羊三妖如果不是太爱面子，在悟空他们大闹三清观之后就应该意识到他们遇到强中手了，如果他们能够做识时务的俊杰，能够做能屈能伸的大丈夫，不去朝廷上阻拦取经团的脚步，就凭他们在车迟国创立的声望，取经团要灭了他们，还真是要大费周章。

可惜的是，三个自学成才的妖怪并不了解正规修炼界的业内

128

信息，消息闭塞，目光短浅。唐僧肉的功效早已为人所知，无论是未成年的红孩儿，还是山野之间的白骨精，都知道唐僧和取经团的来历，然而，取经团来到车迟国地盘，三妖却只一味地求祈金丹圣水来延寿长生，别说唐僧肉的功效，连取经团这回事都没有听说过。

朝堂之上，他们从没听说过取经团，反问国王："那四个和尚是哪国来的？"国王也据实回答："是东土大唐差去西天取经的，来此倒换关文。"到此，稍微懂点修行的，哪怕同样自学成才的黑熊精，也知道取经团的来头了，可他们就是没听说过，依然为了前一天晚上的面子工程讨说法，结果在保命的道路上越走越远。

一场比试求雨，虎妖能惊动玉帝下旨降雨，这是何等修行才能达到的能力，结果证明不是他不行，是他的对手太强。比输了，国王并没有怪罪他们，只是说了一句"强中更有强中手"，算是相当给虎妖面子了。这时国王已然要"倒换关文，打发唐僧过去"了，如果不是他们太爱面子，哪还会有后面的事发生？

四海龙王的现身已然证明取经团非普通人物，国王对取经团放行，可是三妖为了他们"苦历二十年来"的声名，要和取经团继续比试。这次比试的是赌高空坐禅，毫无疑问，三妖坐禅也输了，那国王又说放行，他们却还要比试隔板猜物，隔板猜物输了，连国王都看出来取经团有鬼神辅佐，几乎是哀求三妖："国师啊！让他去罢！"

这时的三妖为了面子，为了名声，已然失去了正常的判断能力。在每一关之后，国王都催着取经团快快西行去，但凡他们中有一个头脑清醒及时止损，嘴巴上服个软，就能留得青山保柴烧，就不会一个个死于非命……

死后的三个妖怪不知能否明白，面子是给别人看的，日子是自己过的。如果不是他们太爱面子，取经团能拿他们怎么办？放走取经团，他们依然是呼风唤雨的国师，凭他们自学钻研的能力和天分，延寿长生又有何难？

只是留给读者的疑问是，三妖死后，取经团走后，车迟国百姓再要求雨，应该找谁？

明明可以靠脸吃饭，为啥要靠才华？

霸占了通天河府邸的金鱼精，具有通天的本领，能呼风唤雨，能变换天气，能保一方水土风调雨顺。但谁也没有想到，这么一个厉害的角色，竟然只是观音菩萨在莲花池里养的一条金鱼！

第四十九回，观音菩萨收服了金鱼精，对取经团说："他本是我莲花池里养大的金鱼。每日浮头听经，修成手段……我今早扶栏看花，却不见这厮出拜。掐指巡纹，算着他在此成精，害你师父。"这说得明明白白，观音菩萨养着这条金鱼，金鱼在观音姐姐念经时，他要浮头露面，观音姐姐在扶栏看花时，他要出来拜见，多么可爱的一个宠物，多么善解人意的宠物，如果他能好好陪伴观音菩萨扶栏看花，大概是可以靠脸蛋过一辈子的吧！可是，这个世界上，就有这么一种人，他比我们有颜值，偏偏还比我们努力，明明可以靠脸吃饭，却偏偏要靠才华！

首先，金鱼精的才华体现在他能保陈家庄人民过上殷实富裕的小康生活。

在陈家庄，取经团通过陈澄老者知道，那金鱼精（当时又叫灵大王）"感应一方兴庙宇，威灵千里佑黎民。年年庄上施甘露，岁岁村中落庆云"。这陈家庄在金鱼精的护佑之下可以说是年年风调雨顺，从这一点上看，这条金鱼精的才干是不亚于车迟国的三位妖王的。

而且在金鱼精的护佑之下，陈家庄的黎民有多富足呢？以陈清、陈澄兄弟二人的家庭状况为例。悟空问他们家当如何，二人都说："颇有些儿，水田有四五十顷，旱田有六七十顷，草场有八九十处；水黄牛有二三百头，驴马有三二十匹，猪羊鸡鹅无数。舍下有吃不着的陈粮，穿不了的衣服。家财产业，也尽得数。"这偌大的家业是怎么来的？在那个靠天吃饭的农业社会，这金鱼精能够让一方黎民如此富足殷实，总还是要有两把刷子的吧？

其次，金鱼精的才华体现在他施展的通身本领方面。

为了捉唐僧，金鱼精手下的鳜婆说："久知大王有呼风唤雨之神通，搅海翻江之势力，不知可会降雪？"金鱼精道："会降。"搅海翻江也就罢了，鱼本来就是水中之物，得了观音菩萨真传的神鱼有这种能耐也能理解，但他还可以呼风唤雨，这可不是简单的本领，风是由天上的风婆管的，雨是由龙王降的，风婆听谁号令降风不知，但书中明确交代龙王降雨是要听从玉帝的指令的，那龙王在何时降雨、降多少雨都是有明确规定的，而这一只小小的金鱼，它能呼风唤雨，显然能耐比海之龙都厉害！

在与取经团的打斗中，猪八戒和沙僧二人联手战他两个时辰，

不分胜败。这里说不分胜败是很含蓄了，实际上金鱼精比猪八戒和沙僧二人联手还要厉害得多。书中说："三人在水底下斗经两个时辰，不分胜败。猪八戒料道不得赢他，对沙僧丢了个眼色，二人诈败佯输，各拖兵器，回头就走。"这猪八戒表面很笨，心里却聪明得紧，一看情势就知道二人联手都不是金鱼精的对手。沙僧上岸后，也是对悟空实话实说："这妖精，他在岸上觉得不济，在水底也尽利害哩！我与二哥左右齐攻，只战得个两平。"

有人可能会说这是在水底啊，这金鱼精在水里当然功夫强啊，但是别忘了，那沙僧可是流沙河的妖怪啊，那八戒在天上可是掌握着十万水军，这俩人的水底功夫应该都不弱，所以说，不得不承认，人家这金鱼精，是真的有两把刷子！

可是，再有两把刷子又怎样？金鱼精最终还是被观音姐姐用一个花篮带走了，可以想象，他终究还是得回到落伽山的莲花池里，还是要经常浮出水面，俯首听观音姐姐讲经，用自己可爱的脸蛋取悦观音菩萨。

做一条一天到晚游泳的鱼吧，多少喜乐在心中，慢慢游，多少忧愁不肯走。

吃童男童女的金鱼精罪有多大？

金鱼精有能力保陈家庄风调雨顺，可他的付出并不是免费的午餐，他是要收税的，他在陈家庄需要收取什么样的费用呢？

陈家庄老者陈澄向取经团诉苦时确实说过："这大王一年一次祭赛，要一个童男，一个童女，猪羊牲醴供献他。他一顿吃了，保我们风调雨顺；若不祭赛，就来降祸生灾。"

一年只吃一次童男童女的金鱼精相比起那个动不动就捉几个凡夫下酒的黄风怪，那个沾了无数人命的白骨精，那个为爱下界却以吃人为乐的奎木狼，那个为了配合取经团下界也可以名正言顺吃人的金角、银角，哪怕就是取经团内部的猪八戒和沙僧，他们可比金鱼精吃的人多得多了。而很多像黄风怪这种妖，只吃人还不干正人事，那金鱼精一年只吃两个人，吃完后还保当地风调雨顺，金鱼精的罪真的很大吗？

当然了，不管吃几次，吃几个，这吃童男童女总是一桩罪过。只是就事论事，按照书中所述，对金鱼精论罪处罚的话，也得按罪量刑。

　　首先来看陈家庄人眼里的金鱼精罪行。这金鱼精一年一次祭赛享受美食后,保陈家庄一年甘露和庆云,这在陈家庄人眼里是完全可以承受的事。要不然,陈家庄要赶走金鱼精是完全可以办到的。书中明确交代陈家庄"此处属车迟国元会县所管",注意,这里还是车迟国的地界,那车迟国可是一个喜道不喜佛的国度,那里有虎鹿羊三仙,如果车迟国向国王报告此事,国王能不管吗? 虎鹿羊三仙能不管吗? 至少可以看出,陈家庄的情况根本没有向国王禀报,因为陈家庄人完全可以接受金鱼精这个条件。如果不是今年正好遇到了人丁不旺的陈清和陈澄,他们可能还是会继续接受金鱼精的条件。

　　其次来看取经团眼里的金鱼精罪行。金鱼精吃那么可爱的童男童女,就是罪大恶极吗? 取经团降妖第一人孙悟空在得知陈澄家情况后,说的第一个主意并不是降妖除魔,而是:"拼了五十两银子,可买一个童男;拼了一百两银子,可买一个童女。连绞缠不过二百两之数,可就留下自己儿女后代,却不是好?"看到没,在取经团眼里,如果这妖怪可以接受买来的孩子,就买两个孩子给妖怪就是了。买来的孩子就不是孩子了吗? 是,只是说明在取经团眼里吃两个孩子也真不算什么大事。顺便说一下,在这车迟国里,女孩子的价格是比男孩子的价格高的,这个倒是很超越那个时代的观念。

　　再者,悟空一个人的想法,是否能代表取经团的想法呢? 在悟空和八戒二人祭赛回来,唐僧问悟空祭赛之事如何,悟空将妖怪逃脱之事详说了,唐僧明明知道金鱼精没死逃了,但是等到后来通天河结冰时,唐僧想的是可以上路西去了,他的心里,西天取经才是要紧的事,至于金鱼精没死,可能会卷土重来继续吃童男童女,那都不足挂心。

最后来看看菩萨眼里的金鱼精罪行。金鱼精在陈家庄吃了几年童男童女,观音菩萨收了金鱼精对沙僧、八戒等说:"掐指巡纹,算着他在此成精,害你师父。"要紧的事情是要害唐僧,对陈家庄童男童女的命,那可是只字未提!设想一下,如果不是唐僧命在旦夕,如果金鱼精只是按往年惯例吃的童男童女,观音菩萨会这么着急,不梳妆不更衣就来捉金鱼精吗?

所以,在陈家庄里,吃了童男童女又怎样?毁了多少家庭又怎样?顶礼膜拜送走金鱼精和菩萨后,陈家庄还会不会"年年庄上施甘露,岁岁村中降庆云"?那通天河的水里,还会不会再出现一个别的什么金鱼精、鲤鱼精、蛤蟆精……

鲁迅说:"中国自古只有两种人,求做奴隶而不得的人和暂时做稳了奴隶的人。"可怜的陈家庄人,只是恰巧两种都遇上了而已。

老实巴交的老鼋是怎样走上撒泼之路的？

第九十九回，取经团已然取得真经，返程路过通天河时，老鼋的一番作为堪称雷霆大怒，给已然做大做强的取经团造成了无可挽回的损失，从大风大浪里走过的取经团能在这阴沟里翻船，除了居安不思危、麻痹大意外，就是老鼋的人设太老实了，取经团根本没有想到，这么一个老实巴交的老鼋，竟然有如此掀桌子的能力。

那么，如此老实的老鼋，是怎么走上撒泼之路的？

老鼋，是只知恩图报的鼋

第四十九回，菩萨带走金鱼精后，陈家庄人本是要众家出资打船送唐僧过河的，此时老鼋出现了，他主动请缨要送唐僧过河："孙大圣不要打船，花费人家财物。我送你们师徒过去。"而且老鼋向唐僧师徒诉说了自己的遭遇。原来那金鱼精在通天河里住的府第，竟是这老鼋的家：

"大圣，你不知这底下水鼋之第，乃是我的住宅。自历代以来，祖上传留到我。我因省悟本根，养成灵气，在此处修行，被我将祖居翻盖了一遍，立做一个水鼋之第。那妖邪乃九年前海啸波翻，他赶潮头，来于此处，仗逞凶顽，与我争斗；被他伤了我许多儿女，夺了我许多眷族。我斗他不过，将巢穴白白的被他占了。"

想这老鼋，自己祖宅被强权霸占，因实力不济保护不了家人，整整九年有家不能回，有仇不能报，委曲求全地在世上苟延着，也许就是心里仍存着一丝希望，希望有一天，这个世道有变好的时候。

终于等来了取经团，虽然取经团并不是来为老鼋报仇的，但是取经团请来菩萨收走金鱼精，间接让老鼋受益了，所以老鼋有责任出来回报取经团的这份恩情。

"今蒙大圣至此搭救唐师父，请了观音菩萨扫净妖氛，收去怪物，将第宅还归于我，我如今团圆老小，再不须挨土帮泥，得居旧舍。此恩重若丘山，深如大海。"

这就是老实鼋的逻辑，不论你的行为是不是为了帮我，只要我受益了，我就要知恩图报。

老鼋，是只有修养的鼋

老鼋已然向取经团表明来意，取经团可以选择相信，也可以选择不信。因为如果不信，陈家庄已然组织人员解板打船，唐僧并不是非坐老鼋才能过河这一个办法。然而取经团选择了要乘坐老鼋，却提出一个很无理的要求。行者道："既是真情，你朝天赌咒。"

老实鼋本身就不欠取经团什么，所谓的报恩也不过就是想借此和取经团这个大集团搭上点关系而已，面对这种无理要求，老实鼋还是忍了，真的就对天发誓道："我若真情不送唐僧过此通天河，将身化为血水！"在发了如此重誓后，那孙悟空却对唐僧说："师父，凡诸众生，会说人话，决不打诳语。"既然知道这个，那让人家发重誓干什么，算不算欺负老实鼋？

要说这老鼋真够老实，也真有修养，完全没有和取经团计较。最后不仅唐僧和白马上了老鼋的背，就连会飞会游的孙悟空、猪八戒、沙和尚全都上了老鼋的背。这也就罢了，最过分的是，那行者还"解下虎筋绦子，穿在老鼋的鼻之内，扯起来，像一条缰绳；却使一只脚踏在盖上，一只脚蹬在头上；一只手执着铁棒，一只手扯着缰绳，叫道：'老鼋，慢慢走啊。歪一歪儿，就照头一下！'"所谓士可杀不可辱，这算不算欺负老实鼋？

如此这般，老鼋都忍了。虽然老鼋私心里对唐僧有所求，可那也是在把唐僧平安送上岸后才提的要求,既没有对唐僧提出乘人之危的要挟,也没有对唐僧提出超越其能力的请求,这算不算一只有修养的老鼋?

老鼋,是只卑微如尘的鼋

有修养的老实鼋如果生在法治时代,应是一只高素质的鼋,如果生在强者霸凌盛行的时代,卑微如尘者的遭遇只能是对其多年修养的一种侮辱。话说老鼋通天河的祖宅被人霸占,这么有修为的他为什么不通过正常的途径维权?那得先问一下,老鼋正常的维权途径是什么?

第四十三回黑水河河神与老鼋几乎完全相同的遭遇,他可是一直走在维权的道路上的。黑水河神向取经团诉说身世:"大圣,我不是妖邪,我是这河内真神。那妖精旧年五月间,从西洋海,趁大潮来于此处,就与小神交斗。奈我年迈身衰,敌他不过,把我坐的那衡阳峪黑水河神府,就占夺去住了,又伤了我许多水族。"是不是和老鼋的境遇一模一样?不同的是这黑水河神选择了"径往海内告他"。

黑水河神维权的结果呢?"原来西海龙王是他的母舅,不准我的状子,教我让与他住。"司法维权失败!黑水河神又想到了上访,"我欲启奏上天,奈何神微职小,不能得见天帝"。上访之路也根本行不通!

　　黑水河神还能化作人形,这老鼋只是会说人语,尚未脱本壳,他比黑水河神的地位还要卑微,黑水河神都状告无门,那这老鼋除了忍气吞声,又能怎样?

　　再说,看看陈家庄的一众百姓,金鱼精在庄上吃了九年的童男童女,主人菩萨来了又怎样? 不仅没有给陈家庄人任何说法,陈家庄人还要对着金鱼精的主人磕头跪拜! 与此相比,老鼋只是伤了一些儿女,除了忍气吞声,又能怎样?

　　而如此忍气吞声、卑微如尘的老实鼋,最终还是发怒了,他忍辱负重驮取经团过河,只是希望求唐僧在见到佛祖时,替他询问一声"看我几时得脱本壳,可得一个人身"。唐僧如果觉得为难,完全可以拒绝,而唐僧没有拒绝,满口应允:"我问,我问。"这就给了老鼋满满的希望,他年年岁岁等候归来的取经团,只为了能知晓一点内幕消息,可是取经团让他的最后一点希望也破灭了,取经团在见到佛祖时竟然完全忘了承诺他的事。

　　取经团返程路过通天河,这是老鼋接触取经团的最后一次机会了,如果这次不搞出一点动静,就永远也没有机会惊动上层领导了。由此,这只卑微的老实鼋,面对归来的强大取经团,凭着自己的一腔孤勇,终于任性地耍了一回脾气,哪怕从此身败名裂,哪怕从此再无老鼋!

　　通天河返程这一难,是取经团的最后一难。取经大业的大结局,却是从老实鼋走上撒泼之路开始的,这算不算黑色幽默?

站在群妖肩膀上的黄眉老佛

小雷音寺里的黄眉老佛，不仅个人能力超强，而且撒手铜武器也超厉害，取经团遭遇了前所未有的挑战，悟空几乎请遍了所有能请到的帮手，均束手无策。最后才知道他原来是东来佛祖面前司磬的童儿下界，与前面取经团遇到的一些下界妖怪相比，黄眉老佛达到了下界为妖的最高峰，是站在群妖肩膀上的集大成者。

黄眉老佛是有理想有抱负的妖精

在之前下界作乱的妖精中，有要吃唐僧肉来求长生的，如太上老君的金角银角，观音菩萨的金鱼精等；有为爱的诺言走一回的，如奎木狼星；还有为上级领导办差的，如乌鸡国的青毛狮子；还有目的让人捉摸不透的，如太上老君的青牛精。但是只有黄眉老佛目的最明确，理想也最高大。他捉了唐僧却并不为吃唐僧肉，长生不老对他并不是什么难题，他要的是取代整个取经团，且还不像六耳猕猴那样搞偷袭，是向取经团正大光明地发起挑战。

且看他对孙悟空说的这段话："一向久知你往西去,有些手段,故此设像显能,诱你师父进来,要和你打个赌赛。如若斗得过我,饶你师徒,让汝等成个正果;如若不能,将汝等打死,等我去见如来取经,果正中华也。"

这就是要和取经团公平打擂,而且明确说取经结果是为了"果正中华",这就不是一般的理想了,这可是将个人的理想融入整个社会的共同理想,绝对算是一个有志之妖,只可惜的是,这个取经工程并不是靠公开竞争上岗的,这个赌赛,注定黄眉老佛是打不赢的。

黄眉老佛是有本领有作为的妖精

在黄眉老佛之前,下界为妖的多是占领某个山头,修个洞府就是根据地了,比如奎木儿郎的碗子山波月洞、金角银角的平顶山莲花洞、青牛精的金兜山金兜洞。还有的直接就占用了其他人现成的府第,比如菩萨的金鱼精就霸占了老鼋的"水鼋之第"。只有这个黄眉老佛的地盘,是靠自己的努力挣的!"此处唤作小西天。因我修行,得了正果,天赐与我的宝阁珍楼。"说得很清楚这地盘是天宫赐给人家的!

再看黄眉老佛手下有多少妖精呢,第六十五回讲到黄眉老佛与取经团和天上众神斗争时,他"叫一声哨子,有四五千大小妖精,一个个威强力胜，浑战在西山坡上"。注意，这可是四五千大小妖精！不怕不识货，就怕货比货。第二十回，偷吃如来灯油的黄风怪对他的虎先锋说："我这里除了大小头目，还有五七百名小校，凭你选择，领多少去。"第三十五回，金角大王为给银角报仇，"点起大小群妖，有三百多名，都教一个个拈枪弄棒，理索抢刀。"第四十九回，通天河的金鱼精出来迎敌，"妖邪出得门来，随后有百十个小妖，一个个抢枪舞剑，摆开两哨"。第五十二回，青牛精被降伏后，取经团打入洞府，把那"百十个小妖尽皆打死"。看出规模差距了吧，与这些小妖相比，黄眉老佛这一声哨响，那可是四五千大小妖精，这是何等的号召力，多令人羡慕的团队规模啊。

而且从第六十五回到第六十六回，黄眉老佛与孙悟空单打独斗多场，他能与孙悟空"斗经五十回合，不见输赢"，说明黄眉老佛也不是吹牛皮的，人家真的是凭本事吃饭的。

黄眉老佛是有技术有策略的妖精

黄眉老佛不仅个人本领超凡，手上还有多个技术设备。

说到技术设备，以前的妖精们也有，比如金角银角就带着太上老君的五个发明专利下界，但是他们却栽在了两个智商不在线的手下小妖身上。随后下界的青牛精吸取了教训，他偷的金刚琢就牢牢地掌握在自己手腕上，青牛精百密一疏的是，他没有把技术设

备带全,以至于他的主人一出现就制伏了他。老君道:"我那'金刚琢',乃是我过函关化胡之器,自幼炼成之宝。凭你什么兵器、水火,俱莫能近他。——若偷去我的'芭蕉扇儿',连我也不能奈他何矣。"这就是青牛精最终失败的原因,如果青牛精当年把芭蕉扇也带上,何至于此?

黄眉老佛一定总结过前面所有妖精的成败经验,特别是吸取了青牛精的教训,凭借着东来佛的金铙,让孙悟空吃尽苦头;把东来佛敲磬的槌儿变作狼牙棒,与孙悟空战成平手;最重要的是,他还带走了东来佛的人种袋,那个有点类似于青牛精的金刚琢的超级无敌厉害的武器,让孙悟空请来的各路救兵都束手无策。

最后孙悟空遇到了黄眉老佛的主人东来佛,东来佛却没有像其他妖精的后台主人那样,跟着孙悟空前去收服手下,而是让孙悟空使诈把黄眉老佛骗到西瓜地里,再让孙悟空使出最滥用的钻肚子手段才降伏了黄眉老佛,东来佛不是黄眉的主人吗? 为什么要如此折腾,原因只能是黄眉拿走了东来佛所有的技术装备,如果不使诈,连东来佛也拿他没有办法!

可怜这么个有本领有技术有策略的黄眉老佛,尽管已经站到群妖的肩膀上,最终也没能实现自己的理想和抱负。

时也? 命也? 有一首歌唱的是"三分天注定,七分靠打拼",在西游的人生里,很多时候光拼命是不行的,对自己的人生道路的选择同样很重要,如果选择不对,努力就会白费。

青毛狮——孙悟空的超级模仿秀

　　狮驼岭三妖王以其资深的社会后台背景、严密的地下组织管理和恶劣的社会危害影响成为西游取经途中名列榜首的最大黑恶势力。在这里取经团将面临前所未有的挑战。但是非常滑稽的是，这里的黑帮老大，竟然是孙悟空的超级粉丝和模仿秀。

　　这狮驼岭的青毛狮子怪和乌鸡国的青毛狮子一样，都是文殊菩萨的坐骑，由于除了都是青毛狮子外，文中没有任何地方显示二者有相同的特点，就只能说明文殊菩萨养了两个私家司机而已。因为在菩萨身边当差，应该没少听说当年风靡一时的齐天大圣，也因为有两个司机，应该不需要天天上班，所以才会有机会轮流溜下人间。狮驼岭的青毛狮子怪到了人间，不仅过了一把山寨黑帮老大的瘾，而且玩起了孙悟空的超级模仿秀。

狮驼岭狮驼洞 VS 花果山水帘洞

　　花果山乃"十洲之祖脉，三岛之来龙"，并不是那么容易仿造

的,但是,这青狮怪硬是仿了个神似:

花果山里有个水帘洞,青狮怪的狮驼岭就有个狮驼洞;花果山东去二百里有个傲来国,这狮驼岭四百里处就有个狮驼国;水帘洞口"一竿两竿修竹,三点五点梅花",狮驼洞口是"左右有瑶草仙花,前后有乔松翠竹";孙悟空在花果山与六大魔王结拜为兄弟,青狮怪就在此结拜三魔头,更巧的是,当年猴王的七兄弟中也曾有一个鹏魔王、一个狮驼王;五百年前花果山就把众妖将们严密编排,四时点卯,随班操演,五百年后的狮驼岭更是班次、点卯、令牌学得有过之而无不及。

当年孙悟空称霸花果山时,聚集了满山怪兽,都是些狼、虫、虎、豹等各路妖怪,而狮驼岭这里,悟空更是几句话就吓跑了一群小妖,"原来此辈都是些狼虫虎豹,走兽飞禽,呜的一声,都哄然而去了"。

如果以上还都是巧合的话,那么下面一点更说明狮驼岭"山寨"得彻底,狮驼岭妖王手下有多少小妖呢? 太白金星报信就说,"共计算有四万七八千",而五百年前的花果山,"悟空会聚群猴,计有四万七千余口",连手下小弟人数都要招募一样多,这如果不是"铁粉",能"山寨"得这么彻底吗?

但是从后面的战斗力来看,狮驼岭的众妖战斗力远不如花果山的猴子们,花果山的猴儿们在孙悟空的带领下可以与十万天兵天将争斗,狮驼岭的众妖因孙悟空几句话就哄然而去了,这真是乌合之众，悟空真的可以笑傲江湖，五百年啊，花果山一直被模仿，从未被超越！

齐天大圣大闹天宫 VS 青狮怪口吞十万天兵

"因那年王母娘娘设蟠桃大会，邀请诸仙，他不曾具柬来请，我大王意欲争天，被玉皇差十万天兵来降我大王"，如果不看原著，会不会有人认为这是孙悟空的英雄事迹？但是原著告诉你，这是青狮怪手下小钻风在对孙悟空讲述青狮大王的事迹。到底是巧合，还是人为的履历造假？

要分辨清这青狮怪是否履历造假，其实并不难，首先这事迹发生的时间很模糊，孙悟空那事迹说得相当清楚，一张口就是五百年前，那可是有案可查的，这青狮怪就只说"那年"，非常含糊其词，令人生疑。

其次，就算青狮怪真的有本领能打败十万天兵，但是天庭会不会在同一个地方摔倒两次？而且孙悟空闹天宫后我们就知道，只太上老君一家，要弄死悟空的手段就多的是，这青狮还只是一个文殊菩萨的司机而已，玉帝怎么可能再次纵容这些仙将们持续出工不出力？

再者，孙悟空当年大闹天宫打败十万天兵，那可是震惊天上地下的爆炸性新闻，一度占据仙界热搜好多年，以至于五百年来只要

一提大闹天宫的孙悟空来了,那无异于夜里哄孩子说狼来了。可这青狮怪同样的战绩却没有一点新闻报道,也没有官方证明,只是他手下的小弟们口口相传,真实程度实在太低。

最后,也是最重要的一点,孙悟空自从打败了十万天兵天将后,自信心爆棚,取经途中拿谁都不放在眼里,而这个青狮呢,如果他曾经为了一个蟠桃就敢挑衅整个天庭,而且真如他所说有口吞十万天兵的战绩,他为何在只是听到孙悟空名号还未见到孙悟空时,就"浑身是汗,唬得战呵呵"地不知所措,还几次请求他的兄弟们放走孙悟空,而且从后面他与孙悟空的交手情况也可以看出,他和孙悟空完全不是同重量级的,他真的是看似雄壮,实则虚胖!

哪个黑帮老大没点传说啊?青狮怪要坐稳大哥的位置,不拿点江湖传说威慑一下小弟们怎么行,作为孙悟空的"铁杆粉丝",青狮怪把齐天大圣的事迹套用过来丝毫没有违和感。

如今的悟空不做大哥好多年,可是江湖上依旧流传着大哥的传说,只是这个传说被山寨得越来越低级,最后只剩一句:不要相信哥,哥只是传说。

九灵元圣为何下界为妖？

为黄狮精报仇的九头狮子浑身都是谜。

这狮子的名字很霸气：九灵元圣。一般来说，能称得上圣的，都有两把刷子，可他却只是一个坐骑。他的主人太乙救苦天尊这样评价他："我那元圣儿也是一个久修得道的真灵：他喊一声，上通三圣，下彻九泉，等闲也便不伤生。"这种修行比当年的齐天大圣要强得多了，事实上，他真的比孙悟空厉害多了。

在玉华州那场战斗中，他"张开口，把三藏与老王父子一顿噙出，复至坎宫地下，将八戒也着口噙之。原来他九个头就有九张口。一口噙着唐僧，一口噙着八戒，一口噙着老王，一口噙着大王子，一口噙着二王子，一口噙着三王子：六口噙着六人，还空了三张口"。其他人也就罢了，那猪八戒好歹也是天蓬元帅下凡，是观音亲选的唐僧的护身徒之一，这狮子一张口就噙了去。

次日战孙悟空呢？"行者使铁棒，当头支住。沙僧抢宝杖就打。那老妖把头摇一摇，左右八个头，一齐张开口，把行者、沙僧轻轻地又衔于洞内。"查遍整部《西游记》，不依靠任何专利法宝，就这

样三下五除二就把孙悟空拿住的只有他一个，可见，这狮子的实力完全超出了我们的想象。

然而如此实力超群的九头狮在竹节山下却过起了隐居的生活，他的低调程度比黄狮精尤甚。

当取经团在玉华州询问附近是否有妖怪时，虽然黄狮精已经够低调了，但那玉华王子还是能道出城北"有一座豹头山。山中有一座虎口洞。往往人言洞内有仙，又言有虎狼，又言有妖怪。孤未曾访得端的，不知果是何物"。而九头狮在竹节山九曲盘桓洞住了三年，那玉华洲全城对他一无所知，连听都没听说过。如果不是为了给黄狮精报仇，九头狮可能永远都不会出现在玉华洲人前。

更重要的是，九头狮和所有的妖怪不同，他对唐僧肉完全不感兴趣。

首先他不吃人肉。黄狮精要宴请他，说的是"小孙即使神法摄来，立名'钉耙嘉会'，着小的们买猪羊果品等物，设宴庆会，请祖爷爷赏之，以为一乐"。由此可见，九头狮最爱吃的食品是猪羊果品等物。其次，他不吃唐僧肉。当黄狮精说他被孙悟空欺负时，九头狮教训孙儿的第一句就是："原来是他。我贤孙，你错惹了他也！"可见，如果没有黄狮精，这九头狮绝不会主动招惹取经团。

他即便抓住了整个取经团，也是口口声声说为黄狮精报仇，报仇的手段却只是"小的们，选荆条柳棍来，且打这猴头一顿，与我黄狮孙报报冤仇"！那个妖妖求而不得的唐僧肉在他这里好像完全没有存在感。孙悟空上天请太乙救苦天尊时最担心的是九头狮会伤害唐僧,太乙救苦天尊却道:"我那元圣儿也是一个久修得道的真灵:他喊一声,上通三圣,下彻九泉,等闲也便不伤生。"看来这九头狮真是比黄狮精更加人畜无害。

那么,他到底为什么下界呢?

他一不像大多数妖怪那样要吃唐僧肉,二不像奎木狼那样为情下界,三不像青狮精那样为领导办差,四不像青牛精那样为显示自己的实力,他低调地下界隐居,到底追求什么呢?

也许,我们都忽略了一点:为了自由。

对,自由。天上什么都不缺,唯缺自由。

这么厉害的狮子,在天宫只是太乙救苦天尊的坐骑,不仅要被锁狮房,还有狮奴看管。太乙救苦天尊有多厉害,在《西游记》书中看不出来,也许是个更加高深莫测的领导吧,给这个大领导当司机,地位也许比较尊崇,但是也就仅此而已。天上的神仙大多都是长生不老的,这司机职位可谓是与日月同生,看不到一点升迁的希望。

另外,天宫里最大的 BOSS 也不是伯乐,也不可能发现狮子的才华而火速提拔他。想想猪八戒那样的都能做天蓬元帅,那玉皇大帝但凡有一点眼力,把九头狮提拔为御前护卫,哪还有齐天大圣什么大闹天宫的戏啊。所以如此怀才不遇的狮子也许受够了天上体制内一成不变的生活,也许无法忍受每日打卡刷脸的上下班制

度,为了畅游山水间的那份自由,他抓住了一次实现人生价值的机会。

　　然而,这自由终归如一场灿烂的烟花一样散了,太乙救苦天尊来收服他时,只"念声咒语",狮子便"不敢展挣,四只脚伏之于地,只是磕头"。在此我们似乎看到了唐僧念紧箍咒下的孙悟空,还有观音咒语下的红孩儿、黑熊精。曾经他们都是可以任性地畅游山水间的,后来入了江湖,就有了诸多的身不由己,我们却只看到他们后来的地位与荣耀,却忘了,原本他们都是自由的。

第四篇
除妖降魔人情练达

小白龙：宝宝心里苦

一曲"白龙马，蹄朝西，驮着唐三藏跟着仨徒弟"唱响了我们的童年，也因了这首歌而特别注意了白龙马。白龙马这个特别容易被我们忽视的角色，一个心里满腹委屈又说不出的苦孩子。

说白龙马委屈啊，先来看小白龙到底犯了什么罪？

第八回小白龙第一次出场见到菩萨时说："我是西海龙王敖闰之子。因纵火烧了殿上明珠，我父王表奏天庭，告了忤逆。玉帝把我吊在空中，打了三百，不日遭诛。"取经团取经结束后，如来封赏白龙时也说："汝本是西洋大海广晋龙王之子。因汝违逆父命，犯了不孝之罪。"

非常清楚，小白龙的罪名就是忤逆父命，不孝之罪，根本不是1986年版电视剧里什么烧了玉帝赐给的明珠而冒犯玉帝，他就是被他自己的亲老爸告到了玉帝之处，被玉帝判了死罪。这白龙心里有多苦啊，那孙猴子到东海龙宫抢了镇海之物，你们四个龙王聚到一起都没敢问罪，还恭恭敬敬送他一套装备让他走了，这自己的亲儿子烧了什么宝贝明珠，就要置于死罪！小白龙啊，你是不是遇

到了一个假爸爸!

1986年版电视剧可能觉得这个小白龙还不够惨,非又生编了一顶绿帽子给小白龙,让小白龙在新婚之夜撞破妻子万圣公主与九头虫偷情,以至于很多人想不明白,那个万圣公主为什么会喜欢那个猥琐的虫子,而不要那么英俊潇洒的小白龙呢?其实这属于电视剧强加给小白龙的戏份。

不管怎么说,被他爹告状,小白龙也是自己犯错在先啊,也算为自己的行为买单吧,可是如果他不犯错,小白龙就会有个欢喜人生吗?答案是否定。在《西游记》的世界里,小白龙的生存环境是非常恶劣的。

从孙猴子抢走东海的定海神针,玉帝根本就没有打算治罪悟空来看,这龙王在天上根本就没有话语权,而更让我触目惊心的是,在第五回王母娘娘的蟠桃会上,供奉各路神仙的佳肴里就有"龙肝和凤髓"!不仅如此,降伏了孙猴子后,在为如来庆功的安天大会上,供奉给如来的食物也有"龙肝凤髓",那就是说,不仅天庭里这些神仙吃龙肉,被大鹏鄙视说天天持斋把素的如来,也是喜欢吃龙肉的!

第九回里的洪江龙王,窝囊到能被凡人捉了,要不是遇到好心的陈光蕊妈妈,早被凡人一刀剁了。第十回的泾河龙王,就因下雨的点数和时辰差了一点点就被判了死罪,还要去向人间的大唐皇帝处讨人情,说尽了好话最后还是死罪难免。

第三十八回里的井龙王就更惨了,他被八戒要挟索贿时,自称自己比不得那江河里的龙王,连贿赂八戒的东西都拿不出。

第四十三回里的小鼍龙算是龙族里最有理想和抱负的龙了,他是西海龙王的外甥,和白龙马算是表兄弟吧,他敢占据黑水河,敢捉吃唐僧说明他有魄力,只可惜他的理想抱负在全家族的前途命运中只能化作渺渺烟尘。

第六十三回的万圣龙王最惨,直接就被取经团"把个老龙头打得稀烂。可怜血溅潭中红水泛,尸飘浪上败鳞浮"。

所以出身如此草根的小白龙,算得上是仙界里的寒门子弟了。加入取经团也单是因祸得福,至少有了个正式工作,将来可以以此进入上等社会。但是,小白龙的想法还是太天真了。

那菩萨让悟空、八戒、沙僧给唐僧做徒弟,保唐僧西天取经,是明确承诺了取经后的待遇的。而对于小白龙,菩萨自始至终说的都是为唐僧讨一个脚力,从没说过让他做唐僧徒弟,更没有承诺他将来修成正果。所以,尽管小白龙比八戒和沙僧早加入取经团,但是我们所说的唐僧师徒四人,是不包括小白龙的。

唐僧取经途中,好多妖怪要吃了唐僧的原因就是,据说唐僧肉吃一口就能长生不老,可这也只是据说呀,这唐僧肉也没见哪个妖怪吃过呀。这些妖怪不知道,其实小白龙的肉才是真正的长生不老肉!

除了刚才说到的天上神仙的美味佳肴都有龙肝外,第六十九回，悟空给那朱紫国国王看病用的药引中就有一味药是马尿，白龙马对八戒说："我若过水撒尿，水中游鱼，食了成龙；过山撒尿，山中草头得味，变作灵芝，仙僮采去长寿。"这滴了龙尿的草都能长寿，这要是吃了白龙马肉呢？所以每次看到妖怪们抓走唐僧，却把白龙马空落落留下，都真让人替那些妖怪们着急。

也许你会问，白龙马为什么不去救唐僧呢？大的妖怪打不过，水里的妖怪总能打得过吧？而如果那样，小白龙的身世就会暴露，妖怪们如果知道这不是一匹马而是一条龙，那白龙的性命将会如何？唐僧可是如来弟子转世，一出生就是神界的官二代、名门之后，取经不仅有悟空、八戒等徒弟保护，还有六丁六甲、五方揭谛等昼夜不离左右，而白龙有什么呢？如果白龙被吃了，会有人当回事吗？

别人不当回事，自己不能不当回事儿啊，毕竟自己的命只有一条。小白龙取经途中最聪明的一点就是藏愚守拙，不管遇到什么事，它都必须摆好我就是一匹白马这样的姿态。

白龙马唯一一次变形救唐僧是在第三十回，那是因为悟空被赶走了，唐僧被变成老虎了，沙僧被捉了，取经团遇到前所未有的危机，若是取经团解散八戒尚可以回高老庄去，小白龙能回哪里去呢？

取经任务完成后，唐僧师徒都被封赏，白龙被封为八部天龙，"一身瑞气，四爪祥云，飞出化龙池，盘绕在山门里擎天华表柱上"。不管怎么说，总算盘在柱上了，不用成为别人的下酒菜了。

问题少年小鼍龙的忧伤

小鼍龙是继红孩儿之后出现的又一个问题少年。

如果说红孩儿是富二代,小鼍龙就是官二代,俩孩子都比较孤高自许、目中无人。只是,与富二代标志的红孩儿相比,小鼍龙显得更孤独、更寂寞、更忧伤。

首先,小鼍龙和红孩儿一样,志向远大,目标明确。他们都是听说了唐僧肉的功效,有计划有步骤地捉住了唐僧,就像小鼍龙在捉住唐僧后说的那样:"我为他也等够多时,今朝却不负我志。"说明和红孩儿一样,小鼍龙有预谋要提唐僧,绝不是碰巧为之。

其次,小鼍龙和红孩儿一样,他们都飞扬跋扈,不按套路出牌。红孩儿在号山欺负六百里基层干部致官不聊生,而小鼍龙到了黑水河,就霸占黑水河神府,欺压得黑水河神苦不堪言,上访无门。

再者,小鼍龙和红孩儿一样,捉住唐僧后,他们都不准备独享唐僧肉,而是邀请长辈来共享。红孩儿请的是自己的老爹,小鼍龙请的是舅舅西海龙王。甚至书中情节安排的都是一样的,他们的送信人半途中都被取经团截留。

　　而故事的转机就发生在书信被截留的这一时刻,取经团截留了书信后,对这两个问题少年的处理出现了不同。悟空截留了红孩儿的书信后,明知道他的老爹是牛魔王,也明知道牛魔王是他结拜大哥,悟空却没有自信去牛大哥那里讨说法,无可奈何时悟空想到的也是去请观音菩萨。但是对付小鼍龙就不一样,悟空自信满满地对黑水河神说:"等我去海中,先把那龙王捉来,教他擒此怪物。"

　　从悟空在龙宫受到的礼遇和西海龙王的战战兢兢来看,悟空并没有吹牛。西海龙王可以呼风唤雨,可以让黑水河神告状无门,但是在兴师问罪的悟空面前,龙王是"魂飞魄散,慌忙跪下",不仅表明态度和立场,而且立即让亲生儿子摩昂去收服小鼍龙。

　　到这里我们才知道,小鼍龙的父亲就是那个错行风雨被问斩的泾河龙王,他母亲是西海龙王的妹妹,母亲带着他寄居于西海龙宫,但是可惜母亲又病故了。母亲一死,舅舅就打发他到了黑水河地界,小鼍龙在西海龙宫寄人篱下的生活情景,我们只要想想西海龙王和摩昂太子的亲情味就知道了。

　　小白龙是西海龙王的亲生儿子,只是因为烧了家里老爸心爱的明珠,就被他老爸告了,罪名是忤逆父命,即不孝之罪,结果被玉帝判了死刑。在小白龙进入取经团后,取经团多次与龙王会面,从没有见过龙王关心过这个儿子的情况。亲生的儿子尚且如此,何况小鼍龙只是个外甥!

　　所以完全能想象小鼍龙跟着母亲寄人篱下的光景，也能理解西海龙王在妹妹死后急急打发小鼍龙的行为，更能体会小鼍龙招惹取经团后西海龙王惶惶不安的心情。可怜小鼍龙他那么殷勤地要请母舅来过寿，却被舅舅和表兄捉拿归案。

　　小鼍龙与红孩儿确实不一样。富二代的红孩儿冲撞了取经团，还能被观音收编，无论红孩儿本人还是他背后的家族，神界还是很看重的。而小鼍龙连和取经团恶斗一番的机会都没有，他是被自己的表哥拿住的，摩昂带他回龙宫后结果怎么样，看小白龙的下场就可想而知。

　　所以，与红孩儿相比，小鼍龙更忧伤、更惨烈。

　　然而小鼍龙并不孤独，在《西游记》成书两百多年后，有另一部伟大的著作《红楼梦》刻画了一个命运几乎相同的人物——林黛玉。

　　同样的寄人篱下，连寄的篱下都同样是舅舅的篱下，小鼍龙的庇护者是母亲，林黛玉的庇护者是外祖母，小鼍龙在母亲死后被打发到黑水河，那黛玉在贾母死后会被怎么处置呢？

　　小鼍龙冲撞了取经团，既靠不得舅舅，也靠不了表哥、那以黛玉孤高自许、目中无人的性格来看，将来她冲撞权贵似乎是一定的，如果真有那一天，她是能指望她的舅舅呢，还是能指望她的表哥呢？

　　与小鼍龙唯一不同的是，小鼍龙的家族身世低微，老爸又因获罪问斩，犯臣之后在人世间尝尽人情冷暖似乎也在情理之中。而黛玉的老爸那生前可是皇上眼前的红人，他只是因病去世，作为他唯一的嫡女在贾府却风刀雪剑严相逼，可见，贾府比西海龙宫更冷，富贵眼更大。

所以，与小鼍龙相比，黛玉的忧伤更强烈。

菩萨的金刚钻，猴子你可看懂？

俗话说，没有金刚钻，别揽那瓷器活儿。观音菩萨敢在如来面前揽下组建取经团的任务，且如来派遣去往东土寻找取经人时也盛赞观音"须是观音尊者，神通广大，方可去得"。可见观音绝不总是我们日常所见的慈眉善目、和蔼可亲的样子，他一定有真本领。只是，菩萨的真本领，悟空领教得稍微晚了一些。

大闹天宫里的悟空，那是目空一切的猴子，他连如来都不放在眼里，像菩萨这等中层干部肯定更不放在眼里。被压在五行山下的悟空，第一次和观音菩萨见面，虽然讲话十分客气，但只是希望大慈大悲的菩萨救他于水火，最多算是在屋檐下不得不低头的权宜之计，根本谈不上对观音菩萨本领的拜服。

第十五回，观音菩萨来到鹰愁涧收服小白龙，当揭谛告诉孙悟空菩萨来了时，因观音菩萨刚和唐僧联手设计给孙悟空戴上了紧箍儿，再见观音菩萨是分外眼红，孙悟空急纵云跳到空中，对观音菩萨大叫道："你这个七佛之师，慈悲的教主！你怎么生方法儿害我！"这猴子真是年轻，处事还不够圆滑通透，这显然是要向观音菩萨兴师问罪,全然没有对观音菩萨这个中层领导有半点的尊重之意,对观音菩萨的慈悲招牌也是极尽嘲讽之能事。对于悟空的这种讥讽,观音菩萨也是心知肚明,所以菩萨才会对小白龙说:"那猴头,专倚自强,哪肯称赞别人?"

那猴子对观音菩萨何止是不肯称赞,简直是傲慢到了极点。第十七回在观音庙丢袈裟后,孙猴子将罪过推到观音菩萨身上:"我想这桩事都是观音菩萨没理,他有这个禅院在此,受了这里人家香火,又容那妖精邻住。我去南海寻他,与他讲一讲,教他亲来问妖精讨袈裟还我。"等到了南海落伽山见到观音菩萨,菩萨问他所来为何,悟空也是毫不客气地放话:"我师父路遇你的禅院,你受了人间香火,容一个黑熊精在那里邻住,着他偷了我师父袈裟,屡次取讨不与,今特来问你要的。"先且不说那猴子这番歪理通不通,就听这口气,简直就不知道自己是不是姓孙了,有拿观音菩萨当干部不? 是可忍孰不可忍,是时候露两手教育教育这个不懂规矩的猴子了。

第二十六回孙猴子四处寻找医树仙方,他到过蓬莱仙境、方丈仙山、瀛洲海岛,这时的悟空并没有把观音菩萨放在第一求助地位,他是转了一圈无果才到了南海,菩萨揶揄他:"你怎么不早来见我,却往岛上去寻找?"

当观音菩萨拿出净瓶,说瓶底的甘露可以治得仙树灵苗时,猴子并不十分相信,还要询问"可曾经验过",观音菩萨讲出之前与

太上老君打赌赢了的光辉历史，"当年太上老君曾与我赌胜：他把我的杨柳枝拔了去，放在炼丹炉里，炙得焦干，送来还我。是我拿了插在瓶中，一昼夜，复得青枝绿叶，与旧相同"。这也算是在这孙猴子面前小小炫耀了一把。

但是在这孙猴子眼里，太上老君本就不是什么厉害角色，观音菩萨的净瓶甘露即便帮他医活果树也只是雕虫小技而已。观音菩萨在孙猴子心中的形象没有增长几分。而且第三十五回，金角银角被太上老君带走，当太上老君告知猴子这一切都是观音菩萨的安排时，那猴子脱口大骂："这菩萨也老大悫懒！当时解脱老孙，教保唐僧西去取经，我说路途艰涩难行，他曾许我到急难处亲来相救；如今反使精邪捐害，语言不的，该他一世无夫。"

因此在第四十二回收伏红孩儿时，我们就看到了一个不一样的观音菩萨。

首先，在听说红孩儿变做他的模样时，一改大慈大悲的往日形态，大怒道："那泼妖敢变我的模样！"将手中宝珠净瓶往海心里扑的一掼，唬得那行者毛骨悚然，即起身侍立下面。观音菩萨这表面上看是发红孩儿的火，其实也是对一切瞧不起自己的人施发威，当然包括眼前的孙猴子。

接着当老龟把净瓶驮出时，观音菩萨并不去拿瓶，而是让孙猴子去拿，那不知天高地厚的孙猴子还真去拿，果然栽了跟头，观音菩萨趁机教他："你这猴头，只会说嘴。瓶儿你也拿不动，怎么去降妖缚怪?"然后,又讲他这瓶一时间就装了一海水在里面,搞得那孙猴子很是蒙圈,不得不合掌说:"是弟子不知"。当着一脸蒙圈的猴子面前,观音菩萨"将右手轻轻地提起净瓶,托在左手掌上。"看到没? 你拿不动,我则是轻轻地提起,孰高孰低,立见分晓了吧?

再接着,在普陀岩渡海时,明明观音菩萨和孙猴子都会腾云驾雾,观音菩萨却偏偏在莲花池里劈一瓣莲花载猴子过海。起先不明真相的孙猴子还觉得又轻又薄的莲花瓣怎能载动他,及被观音菩萨要求上了花瓣后,菩萨又吹一口气,把孙猴子吹过南洋苦海,到这里,那孙猴子也才完全明白过来:"这菩萨卖弄神通,把老孙这等呼来喝去,全不费力也!"

如果说观音菩萨这次只是卖弄一下神通,炫一下金刚钻的话,那观音菩萨收服红孩儿和金鱼精的神通便是让孙猴子彻底地开了眼,猴子回想起自己曾经几次对菩萨出言不逊,内心可有后怕?

这也就不难理解,一向疾恶如仇的孙大圣,明明知道是观音菩萨自己管教不严而给陈家庄百姓造成了灾难,还依然对观音菩萨说:"且待片时,我等叫陈家庄众信人等,看看菩萨的金面:一则留恩,二来说此收怪之事,好教凡人信心供养。"对孙猴子这番有意的马屁拍哄,观音菩萨也是欣然笑纳了。

由此可见,收服孙猴子的,并不是一个简单的紧箍咒,初生猴犊的悟空可以混账得天不怕地不怕,而搞清楚人家金刚钻的孙猴子才真正成了猴精。

不蒸馒头争口气之太上老君的第一口气

太上老君是天宫里一位神秘的大咖，但是在《西游记》前五十回，被取经团（特别是被孙悟空）虐得很惨。金丹被偷，丹炉被踢倒，自己的两个徒儿（金角和银角）被取经团当猴耍，然后取经团为了救活一个完全不相干的乌鸡国国王，竟敢跑到老君面前来要挟。老君的第一口气。就是要出在以孙猴子为代表的取经团身上。

大闹天宫的孙猴子偷仙丹那叫一个吃得爽，"他把那葫芦都倾出来，就都吃了，如吃炒豆相似"。蹬倒老君的八卦炉不说，"老君赶上抓一把，被他一捽，捽了个倒栽葱"，初生猴犊的孙猴子就像刚入职场自命不凡的高才生一样，根本就没把这个上了年纪的太上老君放在眼里，即便加入取经团后，孙猴子和他的团队也从来没有正视过老君，最明显的例子就是人参果那一回，为了医活果树，孙猴子到处寻方问药，却全文未见他向老君求助，要知道老君的一粒仙丹都能让人起死回生，焉知他没有医活死树的方子呢？

金角银角两个老君的童儿，轻而易举就被悟空拿下，还被悟空偷走了三个宝贝，等老君出现道明实情，那孙猴子还蹬鼻子上脸，要质问老君:"你这老官儿,着实无礼。纵放家属为邪,该问个钤束不严的罪名。"而观音菩萨的宠物金鱼祸害陈家庄多年,那孙猴子见到菩萨,像个跟班儿似的,一句话都没敢说,还让整个陈家庄人对观音菩萨顶礼膜拜。

这孙猴子不懂礼数也就罢了,那猪八戒好歹还在天庭做过天蓬元帅吧,那沙僧的前职也是卷帘大将吧,大家同朝为官,怎么说也得念及旧情,尊重老同志吧?可在车迟国一难中,八戒、沙僧伙同孙猴子一起把老君的神像扔入秽气畜人的谷轮回之所(就是茅厕)之中,这是不是欺人太甚?

再说那乌鸡国国王,他就是一个凡间犯了错被文殊菩萨整治的普通国王而已,取经团不去找菩萨不去找如来,却让孙猴子来要挟老君,你们当真认为老君是最软的柿子吗?

如要破局,必先入局。那个偷了老君金刚琢的青牛很可能不是偷跑下界,而是老君授意下界给取经团点颜色看看的。

若这青牛精趁着看管的童儿睡着了偷跑下界可信,而青牛还偷了老君的金刚琢下界就很可疑了。要知道之前金角、银角两个童儿是偷了老君的紫金红葫芦、羊脂玉净瓶和幌金绳三样宝贝下界的,现在青牛又偷了金刚琢下界,老君的物品管理如此不严吗?而那个最擅长偷盗的孙猴子去青牛处偷金刚琢都未能成功,青牛这么容易就从老君处偷得了金刚琢?

再说那青牛精控制住唐僧、八戒和沙僧三个人后,听说孙悟空

来到洞外叫阵，青牛魔王和别的妖怪不同，他不是害怕不是慌张不是迎敌，而是满心欢喜道："正要他来哩！我自离了本宫，下降尘世，更不曾试试武艺。今日他来，必是个对手。"与孙悟空斗了三十回合不分胜负，这魔王却喜得连声喝彩，他的目的根本不是吃什么唐僧，而是要和孙悟空试试身手。青牛啊青牛，你咋不按妖怪的套路出牌呢？

青牛魔王用金刚琢收走了孙悟空的金箍棒，孙悟空已然不是他的威胁了，他也并不想着吃唐僧肉，而是静候孙悟空去搬救兵，见了孙悟空就问他请了什么兵来？似乎与孙悟空比高低，以及与孙悟空请来的所有救兵比高低这才是他等候的主要目的。而孙悟空也确实按照青牛的谋划，一步步请救兵，天上救兵不行，就到如来处请。

在雷公、水伯、火德星君、李天王父子，还有如来的十八罗汉均败下阵后，不早不晚，老君在恰当的时候出现了，老君扇子一扇，那个让所有救兵都束手无策的青牛立刻力软筋麻，然后老君跨上青牛，如闲云野鹤般地驾彩云而去。

飘走的是老君，留下的是取经团内心的一地鸡毛。老君带走金角、银角时悟空还要问罪老君，怀疑老君纵容手下。现在老君带走青牛，谁也不敢对老君有半点不敬，这是因为老君真的纵容手下！

不蒸馒头争口气之太上老君的第二口气

　　太上老君的第二口气是撒向天兵天将的。

　　大闹天宫里出尽风头的是孙悟空，得利最大的是如来，而受损最惨的却是太上老君。在这一起事故中，老君仙丹被偷光，丹炉被踢倒，作为天宫"兵工厂"的老君，虽然有分分钟掐死这猴子的手段，但是不知老君是爱惜自己的兵器呢，还是想藏愚守拙，总之老君是眼睁睁地看着这猴子打上灵霄宝殿，眼睁睁地看着玉皇大帝请来了如来，眼睁睁地看着安天大会上如来接受包括老君自己在内的众神们参拜。

　　青牛精手里的金钢琢并不是头一回面世，第六回大闹天宫的孙悟空大战二郎神时，老君打悟空用的就是金钢琢，老君那可是当着众神将的面"挦起衣袖，左膊上取下一个圈子"，对菩萨说："这件兵器，乃锟钢抟炼的，被我将还丹点成，养就一身灵气，善能变化，水火不侵，又能套诸物：一名'金钢琢'，又名'金钢套'。"老君不仅把功能说得清清楚楚，而且连套在左膊上这位置都和后来的青牛精放的位置一模一样，为什么李天王率领的众神将就没有一个认

出来呢?

　　如果不是大家集体失忆的话,那就是天兵天将们从来没有把拿着金钢琢的青牛精当一回事,或者说没有把青牛背后的老君当一回事!

　　从《西游记》的全书来看,在取经团的整个取经过程中,老君都是配角。老君给我们最深印象就是会制造兵器,如紫金红葫芦、羊脂玉净瓶、七星剑、芭蕉扇、幌金绳,除此之外,猪八戒的兵器钉耙也是老君亲手做的:"老君自己动铃锤,荧惑亲身添炭屑",菩萨的坐骑、拿的紫金铃也是出自老君的"兵工厂",那坐骑曾说:"我这铃儿是:太清仙君道源深,八卦炉中久炼金。结就铃儿称至宝,老君留下到如今。"总的来说,虽然他造的兵器很厉害,宝贝是真宝贝,但常因使用者学艺不精,总让我们觉得老君没多厉害。这是以孙悟空为首的取经团的感觉,大抵也是天兵天将内心的想法吧。

　　然而,不是所有的妖怪都是青牛精。老君用青牛精的实力和金钢琢的绝技让所有人知道,老君我不仅会造兵器,还会收兵器!

　　青牛精被老君说是偷了金钢琢私自下凡的,可是青牛精为什么下凡,书中却没有说,好像就是无缘无故地在天宫里待烦了,想下界过一过山大王的瘾。在捉住唐僧后,对众所周知的唐僧肉的功效也丝毫不感兴趣,只是等待孙悟空搬援兵。孙悟空带着李天王、三太子等一众神兵神将来和青牛斗,也没有占上风,这一段像极了大闹天宫时的孙猴子,孙猴子一战成名,这青牛在以后的日子

173

中名气至少不会比孙猴子差。

初见到青牛精,众天神都没把青牛当一回事,等所有天兵们领教了青牛精和金钢琢的厉害之后,天兵们依然集体不认识青牛精和金钢琢,可能吗?青牛精是太上老君的坐骑,平时就生活在兜率宫,所有天神天兵都不认识它?所谓打狗还要看主人,李天王父子率领这么多兵将来打一个青牛精,如果不认识也就罢了,若你明知道它是老君的坐骑还照打不误,那要怎么向老君交代?

孙悟空上天宫搬救兵,玉帝就已经清查各处,结果是各方神将皆在,并没有思凡下界的。这显然是没有去老君的兜率宫搜查,至少说明老君的兜率宫不是那么轻易可以搜查的。一个在天宫,连玉帝都要给几分薄面的老君,现在他的一个坐骑,就可以打败所有天兵天将,而且他的一个金钢琢可以在顷刻之间收走所有人的兵器。你说,这样的老君,你怕不怕?

一场超级宏大的青牛个人秀,就是为了说明,实力才是硬道理。我老君可以不发脾气,但是,我老君绝不能丧失发脾气的能力。

不蒸馒头争口气之太上老君的第三口气

你以为太上老君气出完了？事实没有，老君还要出第三口气！

第五十回的标题是"情乱性从因爱欲，神昏心动遇魔头"。在这一回里连一个女妖精、女菩萨、女施主都没有，怎么就情乱性从了？怎么就神昏心动了？难道《西游记》作者就是最早的标题党？

其实不然，在这一回中，标题只是代表了老君想要说给佛界的话。

如来在启动取经工程时就说过："我西牛贺洲者，不贪不杀，养气潜灵"，然而，早在第二十六回菩萨问悟空行到何处时，悟空就回答菩萨："行到西牛贺洲万寿山了。"也就是说，至少从第二十六回人参果一难开始，取经团之后遇到的妖精都发生在西牛贺洲境内，这里不贪不杀吗？

孙悟空以前虽然敢大闹天宫，但是对凡间普通百姓都是礼数有加的。但就第五十回来说，孙悟空到人家百姓家里化斋，"捻着诀，使个隐身遁法，径走入厨中看处，果然那锅里气腾腾的，煮了半锅干饭。就把钵盂往里一撞，满满的撞了一钵盂，即驾云回转不题。"把人家一家子的半锅干饭偷走,焉知不是西牛贺洲这里的环境造就了此时的孙悟空?

再说唐僧、八戒和沙僧是怎么被青牛捉住的,还不就是贪图人家新衣纳锦吗?

所以,这回标题里的"情乱性从""神昏心动"并非只是男女私情的淫乱,而是要和如来的取经工程的"胡乱"行为算个总账,看看到底谁不贪不杀,谁养气潜灵!

大闹天宫里孙悟空偷仙丹踢丹炉,这笔账也就算了,毕竟孙悟空换来了五百年的有期徒刑。但是让孙悟空加入取经团有没有考虑过孙悟空的师门问题啊?第十九回,孙悟空亲口对猪八戒说"因是老孙改邪归正,弃道从僧,保护一个东土大唐驾下御弟,叫作三藏法师,往西天拜佛求经",在孙悟空的口中,改邪归正和弃道从僧是并列关系,孰正孰邪?你们考虑过道家老祖太上老君的感受吗?

孙猴子加入取经团后遇到的第一个妖怪就是黑熊精,我前面已对黑熊精有过专文介绍,黑熊精那是有理想有文化有本领有担当的四有好青年,本着近朱者赤、近墨者黑的原则,黑熊精的朋友应该也不会太差吧?但是为了夺回唐僧的袈裟,降服黑熊精,孙悟空一棒打死黑熊精的朋友"凌虚子"道人时,那叫一个干净利落,有考虑过太上老君这个道家鼻祖的感受吗?

如果小道人不足挂齿的话,万寿山五庄观的镇元子,能得到元始天尊的柬帖上天听讲,能参加如来的盂兰盆会,地位不算低吧?

而且镇元子还念着旧情主动让弟子给唐僧送人参果,这算是礼仪周到了吧? 可取经团呢? 徒弟不懂事,做师父的在徒弟闯祸后想过好好赔礼道歉吗? 最后请出观音来救树,观音还要在悟空面前说一番他与太上老君的赌局,以他的胜利来说明他的净瓶底的"甘露水"有多么厉害,你们考虑过老君的内心感受吗?

孙悟空在骗取宝葫芦时,已经明知两个小妖说在宝贝上贴"太上老君急急如律令奉敕",却并不上去找老君,一味地捉弄两个徒儿,还把能拿着老君束腰带的狐狸给一棒打死,你们考虑过老君的感受吗?

三十六回的乌鸡国更让人看不懂,国王修得那么宏伟的宝林禅寺本身就是敬佛的寺庙,唐僧进入寺里,遇到一个小道,唐僧提出要借宿,那道人道:"师父莫怪,我做不得主。我是这里扫地撞钟打勤劳的道人。"小道要进去向一个僧人禀报,这么宏伟这么豪华的佛寺里非要用一个道人来扫地撞钟打扫卫生吗?

为了救乌鸡国国王这个死了三年的佛教的超级粉丝,取经团不去找那个能把死树医活的观音菩萨,却来逼老君交出仙丹。最后呢,文殊菩萨的仇报了,国王重新当国王了,他肯定对取经团感恩戴德,对文殊菩萨心怀忏悔,却记住了有一个道人模样的妖怪曾经夺了他王位三年!

再说红孩儿,明明知道他会玩三昧真火,三昧真火你们都听说过吧? 你们有来调查一下吗? 你有来天宫问过我老君的意思吗?

为了你们的取经大业,联手欺负一个孩子,最后还把孩子收入观音菩萨身边,你们有考虑过老君的感受吗?

再说车迟国里,虎鹿羊三妖是老君的"骨灰级粉丝",车迟国是难得见到的一个敬道灭僧的国家,可是,取经团来了,灭了虎鹿羊三妖不说,还直接把老君的塑像扔进了厕所,你们有考虑过老君的感受吗?

事实证明,不是老君不勇猛,只是未到伤心处。

西牛贺洲不贪不杀?取经团是为了普度众生?青牛精设的局轻而易举试出了取经团的贪念,取经团为了制服青牛,让水伯放水淹青牛的洞,结果水没进青牛的洞里,却淹了民田,顷刻间,四散而归涧壑。而如此这般,无所不能的如来自知理亏,他不仅不敢直接告诉悟空青牛的主人是谁,还"即令十八尊罗汉开宝库取十八粒'金丹砂'与悟空助力"。毫无意外的,十八粒金丹砂投其所好地被青牛的金钢琢全部收走,而后罗汉对悟空的说法最有意思:"如来吩咐我两个说:'那妖魔神通广大,如失了金丹砂,就教孙悟空上离恨天兜率宫太上老君处寻他的踪迹,庶几可一鼓而擒也。'"

为什么如来之前不敢说出青牛的来历?为什么要等金丹砂被青牛拿走了才告诉悟空青牛的身世?为什么太上老君到此就可以见好就收?

老君带走了青牛,天兵天将各归各位,大家各自都拿回了自己的兵器,而如来给出的十八粒金丹砂呢?书中并未提及老君是否归还。

跟着猪八戒学情商

提起猪八戒,很多人会想到贪吃、懒惰、懦弱等一堆的缺点,但这个有着一堆明显缺点的八戒却总能讨得唐僧的喜欢,一个重要的原因是八戒的高情商。

一、在适当的人前吹牛

孙悟空时不时就会在唐僧面前提起五百年前他大闹天宫的特大事件,与他相比,八戒几乎从不提自己的当年勇,要知道当年的天蓬元帅那可是甩弼马温好几条大街的啊,但是八戒除了在某些妖怪面前偶尔提及外,从不在唐僧面前说,更不会在唐僧面前卖弄自己的本领。虽然八戒的本领与悟空相差很远,可在唐僧面前,还是相当厉害的。

八戒难得卖弄自己的本领是在宝象国国王面前,那时他和沙僧已经和黄袍怪交过手,他和沙僧联手都打不过黄袍怪,却莫名其妙地在宝象国国王面前独自揽下降妖救公主的差事,又是卖弄手段,又是历数自己当年的风光业绩,这是为何? 皆因唐僧在宝象国国王面前已然吹过牛了,由于此时孙悟空被唐僧赶走了,他对外吹牛就只能吹猪八戒和沙僧:"贫僧有两个徒弟,善能逢山开路,遇水叠桥,保贫僧到此。"师父已经吹牛在先了,这时的八戒哪怕真的知道自己不是黄袍怪的对手(事实证明确实不是),哪怕去了再寻机逃跑(事实证明确实如此),八戒也知道此时必须吹牛,因为平时不吹牛,是为唐僧着想,此时吹牛,更是为唐僧着想。

只不过本性就爱吹牛的八戒,有了唐僧撑腰,更加忘形,把牛吹得有点过:"我乃是天蓬元帅,只因罪犯天条,堕落下世,幸今皈正为僧。自从东土来此,第一会降的就是我。"既然八戒此时的吹牛是为唐僧着想,那唐僧当然不会戳破八戒的牛皮。

二、在适当的时间卖力

受 1986 年版《西游记》电视剧的影响,很多人认为取经团里挑担子的人是沙僧,其实原著不是这样的。从第十九回收了八戒"遂此收拾了一担行李,八戒担着"开始,挑担子这差事基本就是八戒的了,即便是收了沙僧,挑担子的差事仍然是八戒做的。

千万不要小看挑担子这活儿,它虽没什么技术含量,也没什么危险系数,但这可是长年累月的重脏累活。像悟空这种靠技能吃饭的,只是在团队遇到重大危险时才会发挥作用。在唐僧十四年

的取经生涯中只有八十一次重大危险,那悟空发挥作用的频率是平均两个月一次,平时的悟空不是拿着棒子跑在最前面,就是飞得无影无踪,而八戒则不同,唐僧可是看着他日日夜夜都在挑担,相比那功高盖主的悟空,唐僧当然更喜欢日复一日任劳任怨的八戒!

三、在适当的地点受苦

读者们之所以喜欢悟空,多是因为他神通广大、降妖除魔,但是有没有想过,悟空每次降妖时使了多大劲,有多危险,唐僧是很难体会的。同一时间的唐僧一般都是被妖怪押在洞府里,而往往陪着唐僧,与唐僧一起受苦的总是八戒。八戒陪他一起被抓,一起被妖怪威胁,八戒知道唐僧经历了什么,八戒能体会唐僧的生命有多危险,八戒才算得上唐僧的"患难之交。"

就连在女儿国子母河里吃水,都是八戒陪着唐僧一起喝一起痛,那是连沙僧都没有参与的痛苦,这种痛苦是一旁极尽奚落调侃之能事的悟空所不能体会的,虽然最终还是靠悟空取来了落胎泉水,但患难之交是唐僧与八戒。

四、在适当的场合自黑

人人都知道八戒很贪吃,而且时不时地就喊肚子饿了,要停下来去化顿斋饭,好像八戒总是为了吃而耽误整个行程,其实这可大大冤枉了八戒。要知道八戒好歹也是天蓬元帅下凡,人家可是当过神仙的,王母娘娘的蟠桃宴会是"各宫各殿大小尊神"都赴会参加的,别的不说,就是吃最低级的"三千年一熟"的桃子,也成仙得道了,八戒怎么会动不动就喊饿呢?

取经团里,唯一会饿的只有唐僧!

但是,能让师父动不动就喊饿吗?那急性子赶路的猴子不会为师父着想,那闷葫芦沙僧更不会为师父着想,所以实时喊饿只能靠八戒了。

想领导之所想,急领导之所急,适当的时候,牺牲自己,这是一门艺术。

所以,不管孙悟空对取经大业有多重要,在唐僧那里,八戒真的很重要!

不合常理的"真请求"VS
人之常情的"假承诺"

由于唐僧忘记向佛祖询问通天河老鼋修行之事,老鼋把取经团连人带经抛入河中,完成了唐僧取经的最后一难。

有人说老鼋太小心眼睚眦必报,有人说唐僧受人之托没有忠人之事。其实,抛却九九归一的顶层设计,这一难,就是老鼋不合常理的"真请求"遇上了唐僧那人之常情的"假承诺"。

先说那老鼋,通天河底的水鼋之第是他祖上留下的家宅,他又靠着自己的勤俭持家翻修了一遍。金鱼精来到通天河后凭实力霸占他的家宅达九年,这期间他忍气吞声,状告无门。取经团来了之后,请菩萨收走了金鱼精,他才得以收回家产,合家团圆。取经团对他是大有恩惠的,他送唐僧师徒过河则是举背之劳,无论怎么说,老鼋都是受益人。

如果老鼋和取经团的故事到此结束,双方就互不相欠、皆大欢喜了。可是取经团团长唐僧过河后,合手向老鼋谢道:"老鼋累你,无物可赠,待我取经回谢你罢。"如果老鼋能多了解一些唐僧的话,

183

他就会知道唐僧口中的取经回谢就是随口一句客套话,根本没人当真,可是这老鼋当真了,他回道:"不劳师父赐谢。我闻得西天佛祖无灭无生,能知过去未来之事。我在此间,整修行了一千三百余年;虽然延寿身轻,会说人语,只是难脱本壳。万望老师父到西天与我问佛祖一声,看我几时得脱本壳,可得一个人身。"

听到老鼋的这种非常不合常理的请求,唐僧就应该及时拒绝,或另指明路,可他竟然回了一句:"我问,我问。"

先说为什么老鼋"要向如来询问他何时能修得一个人身"这个请求很不合常理呢?

首先,取经团帮他夺回洞府,他驮取经团过河。不说他对取经团要感恩,至少两不相欠,如果他再有求于取经团,那就是请求取经团帮忙,取经团帮是人情,不帮是本分,再怎么样也不能因为没有受到帮助而记恨报复取经团。

其次,如来无灭无生,能知过去未来,可一个河里的老鼋的修行之事,是不是要问到如来那里? 唐僧是忘了问,如果唐僧真问了,那他就真糊涂了。修成人身的事,本就是个人慢慢积累慢慢学习的过程,如果自己悟性不够,就去请教同行或者去拜师学艺,孙悟空不就是一个典型例子吗,再比如黑熊精,一个妖精为了修行跑去观音庙向老方丈请教,最后成功逆袭。还有诸如蝎子精、蜈蚣精、树精,这么多励志的例子不好好学习,总是想抱大腿走捷径,最后还要记恨曾经帮助过自己的人,这样的鼋修行成功才是人类的

灾难。

　　虽说这老鼋的请求是不合常理,但唐僧张口就来的随意承诺却也不是第一次。

　　唐僧在两界山收孙悟空后,向救他一命的刘伯钦告别时说:"多有拖步,感激不胜。回府多多致意令堂老夫人、令荆夫人,贫僧在府多扰,容回时踵谢。"刘伯钦救了唐僧一命,唐僧也在刘家诵经使刘父得以超度脱生,本就是你我互相帮助的事,唐僧说回时踵谢就是随口一说罢了,双方谁也没当真。

　　告别乌鸡国国王时,乌鸡国国王说:"师父呵,到西天经回之日,是必还到寡人界内一顾。"三藏道:"弟子领命。"唐僧以弟子相称说领命,说得很谦虚,可是真的领命吗? 其实连乌鸡国国王的话都是随口一句客套话而已。

　　如果说这些都时隔太久,唐僧忘了也正常。离灵山只有八百里的寇员外家应该不能忘。告别寇员外时,老员外噙着泪道:"老师取经回来,是必到舍再住几日,以了我寇洪之心。"三藏感之不尽道:"我若到灵山,得见佛祖,首表员外之大德。回时定踵门叩谢,叩谢!"可是到了灵山,唐僧向如来表述寇员外大德了吗? 回程再去叩谢寇员外了吗?

　　即便到了灵山,唐僧的假承诺也是张口就来,他对伽叶、阿傩说:"待回朝奏上唐王,定有厚谢。"回到大唐,唐僧履行诺言了吗?

　　没有,从来没有。所以说唐僧对老鼋的承诺根本就不存在忘了没忘的事,那也根本算不得什么承诺,只是一句非常随意的客套话。

老鼋连这点儿人情世故都没搞懂,离修成人身的目标确实还远着呢。

人情练达的驼罗庄和最没"人味"的大蟒蛇

在《西游记》这个神和妖并存的世界里,驼罗庄是最人情练达的地方,而在这个最有人情味的地方,又住着整本书里唯一个无名无姓、无言无语、无背景无后台的最无不懂人情的妖怪。

取经团到达驼罗庄,从一个借宿的老者口中得知"此处乃小西天。若到大西天,路途甚远"。在前一回小雷音寺,黄眉老佛说过他的地盘叫"小西天",也就是说这个驼罗庄还是黄眉老佛的地盘,在他的地盘里能容忍一个大蟒蛇妖怪成长,而且东来佛来小西天收服黄眉时也没有动大蟒蛇,这个大蟒蛇应该有一些来历的,只可惜自始至终这个大蟒蛇都没有留下只言片语,成为最神秘的妖怪。就是这个神秘的妖怪揭开了驼罗庄这里的人情世界。

驼罗庄的老者是个见多识广且胆子很大的老人家,他见到取经团成员,没有像一般的庄户人表现得战战兢兢,还用言语调侃孙悟空:"你这厮,骨挝脸,磕额头,塌鼻子,凹颉腮,毛眼毛睛,痨病鬼,不知高低,尖着个嘴,敢来冲撞我老人家!"在取经团里,孙悟空的嘴上功夫是相当了得的,天上地下,妖魔鬼怪,能在嘴上功夫上赢过悟空的还真没有几个,这老人家真是很有意思的老头。

本来不想留宿取经团的老者,在听到孙悟空会降妖后,态度来了一个 180 度的大转弯,躬着身便说:"请!请入寒舍安置。"又上茶又叫饭,如此奇怪的态度,连一见吃就忘了所有的八戒都凌乱了:"师兄,这老儿始初不肯留宿,今返设此盛斋,何也?"其实,老者能有什么坏心思呢,他就是希望取经团能帮他们把妖降住。

一顿好吃好喝的招待能留住一个会降妖的取经团,这怎么说也是一笔划算的买卖,但是老者显然觉得这个人情太不值钱,他要和取经团订立文书:"你若果有手段拿得他,我请几个本庄长者与你写个文书:若得胜,凭你要多少银子相谢,半分不少;如若有亏,切莫和我等放赖,各听天命。"原来,驼罗庄人曾经请过一个和尚、一个道士,最后非但没有降住妖,还折损了村民们很多银两,甚至还扯上了人命官司,所以人情比纸薄,这庄里人觉得还是白纸黑字订立文书更可靠。

不知是不是入乡随俗的原因,在驼罗庄这一回中,取经团成员都表现出了前所未有的"人情味"——事不关己、明哲保身。先是唐僧听悟空说要降妖,就说:"这猴儿凡事便要自专。倘或那妖精神通广大,你拿他不住,可不是我出家人打诳语吗?"语气明显责备悟空不该多管闲事。等到妖怪真的来时,唐僧和村民们都赶紧躲进房内,那八戒和沙僧却也要躲起来:"唬得那八戒也要进去,沙僧也要进去。"

气不过的悟空两只手扯住两个道："你们忒不循理！出家人，怎么不分内外！站住！不要走！跟我去天井里，看看是个什么妖精。"八戒一句说得很到位："哥啊，他们都是经过帐的，风响便是妖来。他都去躲，我们又不与他有亲，又不相识，又不是交契故人，看他做甚？"八戒的话也可以这么理解，我和这些村民无亲无故不相识，降妖说大话的不是我，要和村民订立文书的也不是我，我干嘛要帮着你打妖怪啊？

待悟空与妖怪斗到三更时，在天井里观战的八戒见那妖只是个花架子，没有半分儿攻杀能力时，笑道："沙僧，你在这里护持，让老猪去帮打帮打，莫教那猴子独干这功，领头一锺酒。"这句话也可以理解为：我们和悟空不能共患难，但必须共享福。

取经团遇到的妖怪，无论能力大小，后台软硬，妖怪本人都有几分人味。会说人话，会幻化人形，着装打扮、兴趣爱好、洞府装修等都与人一般无二，即便是通天河的老鼋，没有得脱本壳，不会化得人身，也会说得人语。但这一回的大蟒蛇却是全书中唯一一个没有一点儿人味的妖怪，他没有洞府，没有兵马，没有下属，自始至终都是原形相斗，甚至他都不会说话，没有留下只言片语，所以这是一个完全没有人味、完全不懂人情的妖怪。

大蟒蛇与悟空斗到三更未分胜败，后来八戒加入战斗，大蟒蛇又斗他们两个，也未落下风，只是他未归人道，阴气还重，所以天亮时他必须逃走。等天亮后，八戒看清大蟒蛇的真形后讲道："原来是这般一个长蛇!若要吃人呵,一顿也得五百个,还不饱足!"一顿吃五百个都不足饱,驼罗庄一共多少人呢?

取经团降妖后继续赶路,村民都来相送:"此处五百人家,倒有七八百人相送。"也就是说,这村里共有七八百人,大蟒蛇一顿能吃五百个人的话,他两顿就能将这庄子给灭了。据驼罗庄的老者所说,大蟒蛇在驼罗庄已有三年了,三年都在此,驼罗庄还有这么多人,还能让这庄里人请和尚、请道士来灭他,这妖是不是傻啊?

这妖不是傻,他只是不想做人,至少他不想做驼罗庄的人。而央视新版电视剧《西游记》却非要把这个大蟒蛇演成一个女妖,给人家配备洞府和丫鬟,让人家喝人血化人形,可曾问过大蟒蛇,人家愿意吗?

素质教育欠缺的蜈蚣精

蜘蛛精们遭遇取经团集体调戏后,逃到了师兄蜈蚣精(多目怪)的黄花观中。蜘蛛精们口称师兄,那应该是有着同一个师父的,或者同在一处求师学艺过的,书中没交代他们的师父是谁,但是从教育成才的三维目标角度来看,这个蜈蚣精应是其师教育的失败品。

知识目标分数: 70分

从知识目标角度来看,蜈蚣精在专业知识的学习方面是比较用心的。

他选择居住的黄花观,书中说"山环楼阁,溪绕亭台。门前杂树密森森,宅外野花香艳艳",门前贴一对联"黄芽白雪神仙府,瑶草琪花羽士家",也算有几分文化人的品位。再看他的谈吐举止、穿着打扮,都能看出他多年修行,道士修行的专业知识了解掌握得还是不错的,道行也有几分,至少从待人接物的礼数上来说未有大的差错，以至于从礼仪之邦远道而来的唐僧一见面就称他为"老神仙"。

然而，教育成才目标中，知识目标不仅包含专业知识，西游世界对人才的需求是复合型的，至少需要对外界形势和政策比较了解。比如五庄观的观主镇元大仙，他不仅有专业的种植人参果树的知识，而且能及时了解外界时势，不仅准确掌握取经团的到来时间，而且通晓取经团团长唐僧的前世今生。即便不像镇元大仙这样的大咖，像白骨精、蝎子精、红孩儿、树精等这样自学成才的山野村妖，也都知道取经团的来历，并知道唐僧肉的功效。

这位只会死读书的蜈蚣精对外界时事是全然不知，即便师妹们告知了他唐僧肉的功效，他也不知道唐僧是人是仙，对取经团成员更是一无所知。在给取经团下毒奉药时，竟然"见八戒身躯大，就认作大徒弟；沙僧认作二徒弟；见行者身量小，认作三徒弟"。如此以貌取人的浅陋见识，自然难成大器。

古来成大器者，一定是"书声雨声读书声，声声入耳；家事国事天下事，事事关心"。学好专业知识的同时，一定不要忘了对外界时事的了解，不要忽略知识学习的全面性。

能力目标分数：59 分

　　蜈蚣精在知识目标上算是合格的，但是知识目标只是教育的最低级目标，比知识目标高一级的是能力目标，蜈蚣精在能力目标上则是不及格的。

　　蜈蚣精多年钻研了一项专有技术，那就是制毒。按书中所说，此项技艺需要用原料千斤鸟粪，工具是铜锅煮煎炒煅熏，但是蜈蚣精显然在这项能力上是学艺不精的。按他所说："我这宝贝，若与凡人吃，只消一厘，入腹就死；若与神仙吃，也只消三厘就绝；这些和尚，只怕也有些道行，须得三厘。"他目测取经团有些道行，所以就"称出一分二厘，分作四份"，即平均每人三厘。而后奉给取经团后，除了孙悟空没吃外，唐僧、八戒、沙僧都吃了。

　　如果他能力过硬，下药能力把握得准，这药物应该能让取经团当场死三人，即便他低估了八戒和沙僧的道行，那唐僧可是妥妥的凡人，他用了三厘的量都没有让唐僧当场气绝，而且悟空和他打斗半天，又经黎山老母指点，请来毗蓝婆菩萨，不仅八戒和沙僧没死，唐僧也没死。这说明这蜈蚣精在这项技术的研制开发上，要么是研制的药效不够，要么是用药剂量把握不准，无论从哪一方面来说，都显示他能力的欠缺，至少比不上女儿国的蝎子精。

　　除了这项专有技术外，蜈蚣精与孙悟空的打斗也只是"战经五六十合,就渐觉手软",最后还是靠着自己身上的金光击退了悟空,这也远不及同样用毒的蝎子精,蝎子精一人力战孙悟空和猪八戒二人,还斗罢多时,不分胜负。可见,蜈蚣精不论科研还是动手能力其实都是不及格的。

在这一点上,不得不佩服孙悟空的老师菩提老祖,他对悟空的教育真是因材施教,传授知识目标达不到,就直接上专业技能,那是你一生的饭碗,欠谁的账都不要欠专业技能的账。

素质目标分数:0分

素质目标,则是对成才方面最高的要求,是综合思想道德素质、能力培养、个性发展、身体健康和心理健康等各方面后表现出来的综合素质。而在这方面,蜈蚣精更是低到零。

蜘蛛精们在危难之下投奔蜈蚣精,是真正把蜈蚣精当成师兄来依靠的,对这位兄长动之以情、晓之以理,希望师兄念同窗之谊,替她们伸张正义。蜈蚣精本人在听了师妹的诉苦后,没有细查原委,进一步了解事实真相,便马上答应为师妹出头报仇。但在与孙悟空打斗中,孙悟空捉了蜘蛛精作人质要挟蜈蚣精时,面对师妹们的求救,这位师兄竟然说道:"妹妹,我要吃唐僧哩,救不得你了。"然后眼睁睁看着七个师妹最终命丧孙悟空的棒头之下。

其实这时候,八戒、沙僧都已经被毒倒,孙悟空是孤军奋战,蜈

蚣精完全可以联合七个师妹共战孙悟空,团队合作之下,未必胜不了孙悟空,但是这位师兄完全没有团队合作的精神,也完全不念同门同窗的求学之谊,捉了唐僧吃独食的贪婪本性战胜了一切亲情友情,最终失去团队合作而孤战,必也难成大业。

有时候,人的能力不重要,知识不重要,重要的是人品和修养。如果蜈蚣精能够早点意识到人品的修养,他不会以师妹的生命为代价,最后落得形单影只,如果蜈蚣精能有起码的道德水准和法律意识,他不会去害取经团,放走取经团,他依然是那个黄花观里悠然修行、不问世事的道人。可惜,这些他都错过了。

寿星这个老头有点闲

寿星一局棋下了三天，从而走失了坐骑，可见这个老头真的有点闲。不过闲是闲了点儿，寿星的座右铭是：在天庭里我没什么事，在西游的世界里却不能没我什么事。

在当年孙悟空上天封官时，武曲星就向玉帝汇报："天宫里各宫各殿，各方各处，都不少官，只是御马监缺个正堂管事。"这说明，天宫里的官员都是有官职有事务的，寿星这个官是什么职位，平时管什么事务，书中并没有明说，但是从名称上来看，"寿星"应该是没什么存在感的。对于凡人来说，高寿也许求之不得，但是对于天上的神仙来说，稍加修炼都是几百年几千年的寿命，如果能吃一个蟠桃，那就快速晋级长生不老、与天地齐寿的行列。

所以，在神仙中谁也不会拿寿星当回事。就好比今天国内英语说得一流的学生，如果只会说英语这一样技能，在国内也许还算个本领，而到了英美国家，就根本算不得什么了。但是寿星这老头，别人可以不把他当回事，自己不能不把自己当回事。

在如来降伏闹天宫的孙猴子后，玉帝设筵答谢如来，请了一些

重量级的神仙来作陪，玉帝请了哪些神呢？"玉帝传旨，即着雷部众神，分头请三清、四御、五老、六司、七元、八极、九曜、十都、千真万圣，来此赴会，同谢佛恩。又命四大天师、九天仙女，大开玉京金阙、太玄宝宫、洞阳玉馆，请如来高座七宝灵台，调设各班坐位，安排龙肝凤髓，玉液蟠桃。"在这份名单里是没有寿星的，等各位神仙落座开筵、走斝传觞、簪花鼓瑟时，也没有寿星参与的份。而后，王母又着仙姬仙子歌舞，觥筹交错不多时，寿星到了。

这就很明显了，寿星是不请自来，而且是酒席开始一半时突然到的。寿星到了之后也没有静悄悄地坐角落里去，而是在众仙面前说："始闻那妖猴被老君引至兜率宫锻炼，以为必致平安，不期他又反出。幸如来善伏此怪，设宴奉谢，故此闻风而来。更无他物可献，特具紫芝瑶草、碧藕金丹奉上。"意思就是原来以为老君很厉害，其实不行，还是如来你最厉害，这明显是踩着老君讨好如来，整个《西游记》里，看不出寿星和老君有什么过节，寿星这么说，只能是一种用意，就是为自己刷存在感，至少是在如来眼里刷存在感。

神仙的世界里，温暖太少，无视太多，寿星这样刷存在感也终会在芸芸众仙中被淹没。但是没有关系，寿星没有机会也一定要创造机会，在一切不可思议的场合中出现。

在唐僧的母亲临产时，寿星替观音菩萨跑腿，叮嘱满堂娇："吾乃南极星君，奉观音菩萨法旨，特送此子与你。"在孙悟空四处拜求人参果树医方时，寿星和他的兄弟们自荐前往五庄观替悟空去求情:"大圣放心,不须烦恼。那大仙虽称上辈,却也与我等有识。一则久别,不曾拜望;二来是大圣的人情;如今我三人同去望他一望,就与你道达此情,教那唐和尚莫念《紧箍儿咒》,休说三日五日,只等你求得方来,我们才别。"真的是任劳任怨、四处奔忙,只为告诉神仙们,这个世界还有一个我。

有人说寿星没有管好白鹿精,让它在比丘国捣乱,是寿星的一大污点,其实不然。白鹿精其实根本就不具备下界为妖的基本条件,他一没能耐,与孙悟空过不了几招就跑了,二也没带厉害的武器,还早早找了一个背锅的狐狸,寿星及时赶到化解危机,且白鹿认罪态度良好,进一步融洽了感情,和谐了关系可以说,寿星在比丘国是名利双收。

奇怪吗?

不奇怪。

寿星能耐有限,官职有限,既不能为取经团摆平麻烦,也没有能力为取经团制造阻碍,本是根本就不可能出现在取经团面前的,但是寿星不愿做一个毫无存在感的闲散神仙,更不愿在如来将来论功行赏时完全没有自己的份,他就是联合下属生生地为自己加了一场戏。太上老君之流用能力刷存在感,观音菩萨之流用权力刷存在感,寿星不等不靠,刷的就是这张老脸!

一个任性的国王

取经团到达灭法国,在这里没有妖怪阻路,没有神仙设难,没有高山险滩,有的只是一个任性的国王。

这个国王任性可不是一般的任性,按菩萨所说:"那国王前生那世里结下冤仇,今世里无端造罪。二年前许下一个罗天大愿,要杀一万个和尚。这两年陆陆续续,杀够了九千九百九十六个无名和尚,只要等四个有名的和尚,凑成一万,好做圆满哩。"

别人任性是矫情,这国王任性是要命。而且一要就是一万个和尚的命,少一个都不行。这可比车迟国的虎鹿羊三个国师任性多了,车迟国的虎鹿羊三个国师敬道灭僧,也没真的灭僧,只是把和尚们当苦力使,车迟国的国王见到远道而来的取经团也是礼数有加。而在这灭法国,国王是一视同仁地灭本国和尚和外国和尚,不论和尚是来自哪个国家,只要来到我的地盘,就得我做主。所以,这国王是实实在在的够任性!

但是你若把灭法国国王只当作一个任性的国王,那你就错了。这国王就算是个任性的国王,也是个有资本任性的国王。

灭法国国王任性的资本有哪些呢?

首先,这国王有很强的治国能力。取经团进入灭法国,悟空前去探路,展现在他眼前的是"城中喜气冲融,祥光荡漾",再看,就是"十字街灯光灿烂,九重殿香蔼钟鸣。七点皎星照碧汉,八方客旅卸行踪。六军营,隐隐的画角才吹;五鼓楼,点点的铜壶初滴。四边宿雾昏昏,三市寒烟蔼蔼。两两夫妻归绣幕,一轮明月上东方"。整个画面是国泰民安,一派祥和。连悟空都不得不称赞"好个去处",见了唐僧就说:"师父,他这城池,我已看了。虽是国王无道杀僧,却倒是个真天子,城头上有祥光喜气。"可见这国王只是不喜欢和尚而已。作为国王,人家是如假包换的真天子,而且国家治理得相当不错。

其次,这国王有很深的政治背景。一共一百回的《西游记》,取经团走到灭法国时已经第八十四回了,这说明灭法国离西天灵山已经很近了,但是在这么一个地方,一个小小的灭法国国王在全国范围内屠杀佛教的和尚,如来竟然能容忍!想想那乌鸡国国王只是误把文殊菩萨泡在水里三天,就被加了三年的惩罚,那朱紫国国王误伤了佛母孔雀的二子,就被拆凤三年,身耽啾疾。这灭法国国王在如来眼皮底下灭了将近一万个和尚了,佛界诸多大咖竟然都熟视无睹,谁都没有来追究这国王的任何责任,想想真是替乌鸡国国王和朱紫国国王两位国王叫屈啊。

再者,这国王有很硬的任性理由。灭法国国王为什么要杀够

一万个和尚,从原著中看很模糊。只是观音菩萨向取经团报信说:"那国王前生那世里结下冤仇,今世里无端造罪。"国王并不像1986版电视剧那样做了个梦就要杀和尚,而是因前世里结下的冤仇,前世多大的冤仇能让这国王发下如此毒誓,想必一定不小,能让如来菩萨都容忍国王杀了这么多和尚,想必一定是佛界理亏。菩萨报信,并没有让取经团去灭了国王,只是提醒取经团注意,取经团乔装打扮过界,如果没有遇上那帮劫匪,就真混过去了,国王还可以继续等待再杀四个和尚。

所以,灭法国的国王并不是单纯地任性,人家有任性的资本。而如果你只是把灭法国国王看成是凭资本任性,那么你又错了。灭法国国王十分懂得任性的尺度,非常了解在什么时候应该收敛。

孙悟空夜潜皇宫,把宫里所有人等全部剃发,早上国王看到自己和皇后、宫女等全是光头时,并没有发怒追查肇事者,也没有迁怒归罪侍卫和军官,却是"眼中流泪道:'想是寡人杀害和尚……'即传旨吩咐:'汝等不得说出落发之事,恐文武群臣,褒贬国家不正。且都上殿设朝。'"。非常懂得自省和反思,而且一切从国家大局出发考虑问题。

再看文武百官,他们明明知道自己的君王痛恨和尚、屠杀和尚,一夜之间他们被剃发后,并没有隐瞒事实,而是"各人都写表启奏此事。只听那:静鞭三响朝皇帝,表奏当今剃发因"。这是得多么开明圣贤的君王才能有如此坦诚相告的臣子啊!

在见到取经团后,国王更是一逊到底,反省自身,真诚道歉,真心悔过:"老师是天朝上国高僧,朕失迎迓。朕常年有愿杀僧者,曾因僧谤了朕,朕许天愿,要杀一万和尚做圆满。不期今夜归依,教朕等为僧。如今君臣后妃,发都剃落了,望老师勿吝高贤,愿为门下。"

就凭这一点,灭法国国王就比车迟国那三个认死理的国师高明了很多。剃光头就等于是和尚吗?国王惊恐的并不是自己一夜变成了和尚,而是能一夜之间神不知鬼不觉剃他头发的人,就能一夜之间要他项上人头,一夜之间把满朝文武都剃光头发的人,那就能一夜之间灭其国家。国王知道自己真正遇到高手了,这高手能力比自己高还比自己狠,这种情况下继续任性只能是死路一条。所以国王很聪明,"即着光禄寺大排筵宴。君臣合同,拜归于一。即时倒换关文,求三藏改换国号"。

不就是服个软认个输吗?

最后,取经团开开心心上路,国王带满朝文武平平安安回家,真是皆大欢喜,只是可怜了那些白死的九千九百九十六个和尚而已。

识时务者难成英雄

识时务者为俊杰,意思是能认清时代潮流和形势的,才能成为出色的人物。而且往往成为出色人物的总是能够先知先觉,比其他人先一步认清时务。

比如这么一个故事:从前一群小孩子在路边玩,看到路边的李树果实累累,很多小孩都跑去摘李子吃,只有一个小孩不去采,别人问他为什么不去,他说那树上的李子一定是苦的,因路边的李子如果是甜的,早被路人采光了,根本轮不到我们来采吃。后来众人吃了,果然是苦的。这个故事的主人公是魏晋竹林七贤之一的王戎,那时他七岁。七岁的王戎聪明过人,也极识时务,纵观王戎的一生,就可以用识时务来概括。

而在《西游记》里,也有这么一个极识时务的小妖。

第八十五回隐雾山南山大王豹子精在洞府中哀叹吃不到唐僧肉。有一小妖劝他:"大王才说要吃唐僧,唐僧的肉不中吃。"老妖道:"人都说吃他一块肉可以长生不老,与天同寿,怎么说他不中吃?"小妖道:"若是中吃,也到不得这里,别处妖精,也都吃了。他手下有三个徒弟哩。"

睿智的语言和王戎简直如出一辙,事实确实如此,唐僧肉看似是长生不老之仙丹,倒霉的滋味却是谁吃谁知道。而这个南山大王显然如那些不听王戎话的小孩子一样,不见棺材不掉泪,最终这个"能吃老虎"的花皮豹子却死在了八戒的手里。

那个识时务的小妖并不是这一次表现得很是聪明,他原来不是第一次遇到取经团,"我当初在狮驼岭狮驼洞与那大王居住,那大王不知好歹,要吃唐僧,被孙行者使一条金箍棒,打进门来,可怜就打得犯了骨牌名,都断幺绝六;还亏我有些见识,从后门走了"。狮驼岭的狮子、大象和大鹏是西游途中背景最深最强的黑恶势力,在孙悟空刚打进狮驼洞时,鹿死谁手绝对未知,但是这位名不见经传的小妖竟然那么早就料出胜负,从后门逃走,见识实在不是一般的高,如果说识时务者为俊杰,这个小妖绝对是妖精界里的俊杰。

这个世界既有如南山大王这样不通行情的愚痴之妖,也有如这个特别识时务的聪明小妖,还有一种小妖,他有聪明的头脑,有卓越的本领,有过人的胆魄,但是,他不识时务!

就在南山大王被识时务的小妖说得悚惧之际,有一位小妖上前为南山大王贡献了"分瓣梅花计"。这计策成功骗过了取经团的三个徒弟,包括最聪明的孙悟空,硬是把不可能吃到唐僧肉变成了可能,由此他自己也获得了先锋称号。先锋小妖不仅想出了"分瓣梅花计",还用"人头计"骗过了包括孙悟空在内的取经团所有成

204

员,这在整个取经历程中是绝无仅有的,所以这个先锋小妖的聪明才智绝不亚于那个识时务的小妖。

当孙悟空打上门来时,"那洞里大小群妖,一个个魂飞魄散,都报怨先锋的不是"。连南山大王都无计可施时,这个先锋小妖却说:"古人说得好:'手插鱼篮,避不得腥。'一不做,二不休;左右帅领家兵杀那和尚去来!"在悟空分身法打得那"一二百个小妖,顾前不能顾后,遮左不能遮右,一个个各自逃生,败走归洞"时,如果这个先锋小妖识时务,他完全可以先行逃跑,凭着他的聪明才智,到别处仍然可以混碗饭吃,然而,这先锋小妖却明知不可为而为之,用自己的血肉身躯护送着南山大王得命逃回,自己最终死在取经团手下,用生命谱写了他的理想之歌。

识时务者为俊杰,由此看来,这个先锋小妖无疑是螳臂当车、以卵击石,结局也确实很惨,他肯定不识时务,应该也算不上什么俊杰。

但是,这个先锋小妖不是俊杰,他是英雄!

死后现出本相的先锋小妖原来是一只铁背苍狼怪,狼在动物世界中以敏锐的嗅觉著称,他非常善于观察,对环境有着敏锐的洞察力,因此,铁背苍狼怪绝对能感知取经团的出现对自己的危险。如果说他不识时务,那是你不懂狼的习性和能力,而如果你懂狼,你就知道,他们不仅有着自己的生存智慧和策略,同时还有一种与命运抗争的强者精神。无论面对的环境多么恶劣和艰辛,他们总

是以坚韧刚毅的心态去面对。

能逃却不逃，能认输却不认输。所有的拼搏不是明知道自己会赢，而只是竭尽全力不让对手赢得那么容易。这一次，这种精神在隐雾山的这个先锋小妖身上显现了。面对取经团的危险，作为先锋的铁背苍狼不是不识时务，他是明知不可为而为之。有一些事，它无关乎输赢，无关乎他人评价，它只是事关道德底线，事关公平正义，事关原则与良知。有一种人，他不计较得失，不在乎生死，内心只有曾经的诺言、责任的担当和使命的背负。

在中华民族几千年的历史中，这些人层出不穷，这些人前仆后继。我们有多次强敌入侵，我们也多次面临民族危难和生死存亡，我们的民族中也有太多的识时务的俊杰，但是我们至今歌颂的，构成中华民族不屈之魂的，却是这些不识时务的人。他们不识时务，他们不是俊杰，但是，他们是英雄！

面对强敌，你可以选择识时务，顺时代潮流而为之，但是你绝对不能嘲笑那些坚持原则逆潮流而行的不识时务者。有了他们，我们才知道坚守的感动、执着的可贵和拼搏的分量。

所以，在《西游记》的妖怪中，如果你不知道谁是南山大王，不知道谁是那个识时务的小妖，也请你一定要记住：这里有一个堪称英雄的小妖——铁背苍狼怪。

妖者仁心之黄狮精

　　黄狮精与黑熊精非常相似,他们都没想过吃唐僧肉,没想过阻挠取经团,也都没有为害一方,都与当地人和自然和谐共处,他们连缺点也是相同的,都犯了贪婪的毛病,一个贪了唐僧的袈裟,一个贪了取经团的兵器,一个要开佛衣会,一个要开钉耙会。但是所不同的是,黄狮精比黑熊精更仁慈、更善良。如果说黑熊精是妖怪里的草莽英雄,那么黄狮精就是妖怪里的一介平民,而且他一生都只想做个好人。

　　话说取经团到达玉华州就看到城内"人烟凑集,生意亦甚茂盛""锦城铁瓮万年坚,临水依山色色鲜。百货通湖船入市,千家沽酒店垂帘。楼台处处人烟广,巷陌朝朝客贾喧。不亚长安风景好,鸡鸣犬吠亦般般"。一派海晏河清、百姓安居乐业的景象。

　　而那黄狮精的洞府就在离城七十里的地方,当取经团兵器丢失后,孙悟空询问附近有没有什么妖怪时,那玉华王子道:"孤这州城之北,有一座豹头山。山中有一座虎口洞。往往人言洞内有仙,又言有虎狼,又言有妖怪。孤未曾访得端的,不知果是何物。"连山

上是神是妖、是虎是狼都不清楚,说明这妖怪从来没有骚扰过城内的百姓,如果不是对取经团的兵器一时动了贪念,他也许会和玉华州百姓和平共处下去。

黄狮精的洞府很有意思,他明明是个狮子精,手下中层领导也是以狮子居多,他盘踞的山却叫豹头山,他的洞叫虎口洞,他显然是要与诸多动物一起建立一个动物王国的,还是一个从不吃人的动物王国。多年来,他们不仅不抓吃一个凡人,而且和山下的玉华州百姓和平共处,难道是因为黄狮精本领不强吗?

当然不是。

孙悟空、猪八戒和沙僧三人夺回兵器后,与黄狮精有一场大战,书中说:"那怪豪强弄巧乖,四个英雄堪厮比。当时杀至日头西,妖邪力软难相抵。"虽然终是黄狮精抵挡不住,但是想想,黄狮精一妖抵孙悟空他们兄弟三个,而且能战到日偏西,还能全身而退,黄狮精的能耐不算低。而有着如此卓越本领的黄狮精,却从没有伤害过玉华州的百姓,这就不是能力,而是人品了。

《西游记》里的妖怪一般都是吃人的,哪怕在天上是神仙,只要下界为妖一般都会吃人,比如奎木狼的黄袍怪、金角银角等,即便不吃人,烧杀抢掠也不在话下,连孙猴子的花果山都曾经干过这样的事。而这个黄狮精却不吃人,他和人一样吃猪羊。猪羊从哪里来呢? 不是去偷抢,而是派手下人去买,这可真是妖界里的一股清流。

黄狮精派去采买猪羊的两个小妖叫"古怪刁钻"和"刁钻古怪",他们拿了公款"二十两银子"奉命去买猪羊,且看他们二人中其中一个的话:"我们也有些侥幸:拿这二十两银子买猪羊去。如今到了乾方集上,先吃几壶酒儿。把东西开个花账儿,落他二三两银子,买件棉衣过寒,却不是好?"两个小妖耍小聪明是想如何在采购中报点虚账,目的不过是买件衣服御寒,看到这里,有没有被这山上的妖怪感动哭了? 从后面两个小妖参与战斗来看,这两个小妖虽说打不过取经团,但打杀几个凡人肯定是可以的,他们宁可冒险虚报账目,也要和民间公平交易,连一件御寒的冬衣都没有,也不敢强抢民间财产。在此,我看到了两个很聪明却也很善良的小妖。

聪明只是一种天赋,善良却是一种选择。

小妖善良,妖王更善良。

孙悟空带领猪八戒和沙僧乔装来到洞府,沙僧假扮的是一个贩猪羊的商人,来洞府的理由竟然是:买猪羊的银子不够,来向妖王讨银子的。换作一般的妖怪,别说来讨银子了,送上门的凡人,命都没了,还敢来要银子? 由此也可看出妖王经常与山下做买卖,从来都是公平交易,这是妖王的第一善良之处。

听了"小妖"的解释后,黄狮精竟然丝毫不怀疑,即唤:"小的们,取五两银子,打发他去。"连讨价还价都不用,一点也不为难客商,这是黄狮妖王的第二善良之处。

孙悟空变作的小妖继续得寸进尺,说:"这客人,一则来找银子,二来要看看嘉会。"可即便如此,黄狮妖王生气也是对自己手下的小妖,怪罪两小妖嘴巴不够严实:"你这古怪也可恶!我这宝贝,乃是玉华州城中得来的,倘这客人看了,去那州中传说,说得人知,那王子一时来访求,却如之何?"一个妖王,竟然怕凡人的王子来访求,是不是有点窝囊了,这是黄狮妖王的第三善良之处。

拿了银子给了沙僧"客商"后,竟然还安排他去吃酒饭,行者变化的小妖把银子递与沙僧道:"客人,收了银子,我与你进后面去吃些饭来。"讨债人上门讨债,不仅如数要回欠款,而且债务人还请债主吃顿饭,这就算是放到人间也是难得的厚道之辈吧,这是妖王的第四善良之处。

善良的黄狮精似乎从没有把自己当妖怪看,他可能一生都在追求要做个人。他不仅有着人的善良和仁慈,也学会了人的贪念,也就是这一时贪念使他偷了取经团的兵器,给他和他的团队带来了杀身之祸。他可能更没有想到的是,他这个一生从不吃一个凡人的妖,最终结局却是,他和他的兄弟们都被玉华州的凡人当成下酒菜吃了。

"人和妖精都是妈生的,不同的是人是人他妈生的,妖是妖他妈生的,做妖就像做人一样,要有仁慈的心,有了仁慈的心,就不再是妖,是人妖。"人妖,往往命都很苦。这个道理,人懂,黄狮精未必能懂。

第五篇

踏遍千山风景独好

祭赛国的生存之道

取经团进入祭赛国地盘，先是看到一个楼台高耸、云雾缤纷的神州都会，而后看到的是一番货殖通财、人物豪华的繁华景象，这本该是一个太平盛世的国度，却隐藏着一段扑朔迷离的冤案。而更让人玩味的是，在这个本应该有着佛光普照的国度，却因一场佛宝的案件，处处显示着人情世故以及俗世艰难的生存之道。

首先，从祭赛国蒙冤的和尚口中，取经团得知了祭赛国国宝案件的来龙去脉。祭赛国的国宝被偷是案件的焦点，国宝被偷了，金光寺的和尚是如何蒙冤的呢？且看原文：

众僧道："爷爷，文也不贤，武也不良，国君也不是有道。我这金光寺，自来宝塔上祥云笼罩，瑞霭高升；夜放霞光，万里有人曾见；昼喷彩气，四国无不同瞻。故此以为天府神京，四夷朝贡。只是三年之前，孟秋朔日，夜半子时，下了一场血雨。天明时，家家害怕，户户生悲。众公卿奏上国王，不知天公甚事见责。当时延请道士打醮，

214

和尚看经,答天谢地。谁晓得我这寺里黄金宝塔污了,这两年外国不来朝贡。我王欲要征伐,众臣谏道:我寺里僧人偷了塔上宝贝,所以无祥云瑞霭,外国不朝。昏君更不察理。那些赃官,将我僧众拿了去,千般拷打,万样追求。当时我这里有三辈和尚;前两辈已被拷打不过,死了;如今又捉我辈,问罪枷锁。老爷在上,我等怎敢欺心,盗取塔中之宝!万望爷爷怜念,方以类聚,物以群分,舍大慈大悲,广施法力,拯救我等性命!"

从这段原文中可以看出,祭赛国国宝丢失是三年前发生的事,而且发生后,最初国王并没有责怪金光寺和尚,还请道士打醮,和尚看经,答谢天地。一直到两年后,外国不来朝贡,国王要征伐这些不朝贡的国家时,才有众臣将这国宝被偷的锅安在了和尚身上。如果金光寺的和尚们是嫌疑人,众臣不应该在国宝丢失的时候就怀疑和审讯和尚吗?在国宝丢失两年后才通过有罪推定认定和尚们应承担罪责,文也不贤、武也不良、国君也无道的祭赛国就这么让和尚背了国宝丢失的锅。这算是该国谏言的文武大臣的生存之道吧。

唐僧师徒扫塔,发现了妖怪"奔波儿灞"和"灞波儿奔"。这俩妖怪是碧波潭万圣龙王差遣来巡塔的,他们在外出差还有酒有肉,被孙悟空放回碧波潭,即便出卖了主子,引来了孙悟空和猪八戒,

215

龙王也没有对他们进行责罚。九头虫捉了猪八戒后，对手下说："把这个和尚，绑在那里，与我巡拦的小卒报仇！"按说万圣龙王主子待这俩妖怪不薄吧，可是这俩妖怪见了唐僧师徒，一点苦痛都没受就直喊饶命，然后把龙王盗国宝一事像倒豆子一样全部供出来了。最终虽然一个被割了耳朵，一个被割了下唇，到底还是保住了性命，这算是碧波潭两个无名小卒的生存之道。

孙悟空和猪八戒为了讨回国宝，打入碧波潭龙宫。孙悟空金箍棒一声喝，就把个万圣龙王的龙头打得稀烂；猪八戒一钯把龙子夹脑连头，筑了九个窟窿；孙悟空借助二郎神七兄弟之力，一拥上前，枪刀乱扎，把个龙孙剁成几段肉饼；孙悟空和猪八戒联手，把万圣公主也一钯筑倒在地。目睹这一切的龙王老婆，此时老公、儿子、孙子、女儿、女婿都被杀了，她不应该与取经团不共戴天，拼个鱼死网破吗？然而没有。龙婆深谙好死不如赖活着的道理，先将偷宝盗草之锅全部推到死去的老公、女儿和女婿身上："偷佛宝，我全不知，都是我那夫君龙鬼与那驸马九头虫，知你塔上之光乃佛家舍利子，三年前下了血雨，乘机盗去。""我小女万圣公主私入大罗天上，灵霄殿前，偷的王母娘娘九叶灵芝草。"在夫死子绝、婿丧女亡的情况下，她答应了取经团的种种屈辱条件，为的就是能留自己一条命而已："好死不如恶活。但留我命，凭你教做甚么。"真不知道在接下来的余生中，龙婆活着到底是为了什么，这难道就是龙婆所了解和熟知的生存之道吗？

从瀺波儿奔口中得知，万圣公主"花容月貌，有二十分人才。招得一个驸马，唤作九头驸马，神通广大。"可知九头虫一则本领高强，二则长得应该也不差，不然他一个草根出身的虫子怎么能攀得上花容月貌的龙宫公主呢。说这个九头虫长得不差还算是猜测，说他本领强那可是书中明写的。面临孙悟空和猪八戒两个强敌，他毫无惧色，先在岳父大人面前夸下海口："愚婿自幼学了些武艺，四海之内，也曾会过几个豪杰，怕他做甚！等我出去与他交战三合，管取那厮缩首归降，不敢仰视。"虽说这话有点逞强，但是在后来的争斗中，能从孙悟空眼皮子底下捉走猪八戒，也足以说明九头虫本领十分了得。这么一个本领高强的九头虫在取经团上门挑战时，不是投降跑路，而是出门迎敌死战，完全不懂求生存之道。

试想，偷国宝虽是他和龙王一起去的，但是偷国宝当天降雨这活儿肯定是龙王干的，宝物偷来后也是摆在龙宫用的，为养国宝偷灵芝草的是龙王女儿万圣公主。总之，如果要甩锅，这个草根出身的倒插门女婿甩起来是比那个龙婆要干净得多，可惜的是，九头虫到底是外来户，他一点儿也不了解本地的生存之道。

纵观祭赛国这一难，有佛光普照的金光寺，有潜心扫塔的取经团，有能降血雨偷宝的万圣龙王，有能冲破天宫偷灵芝草的万圣公主，有只身敌数神群殴的九头虫……神通不可谓不广大，妖道不可谓不高强。但是，论生存之道，神也好，妖也好，都抵不过人情。

荆棘岭不止有诗和远方，
更有眼前的苟且

"荆棘蓬攀八百里，古来有路少人行。"在这个杳无人烟的地方修行的树精们，已然很成气候，他们本应该是能耐得住寂寞的修行之树，可造化弄人，他们偏偏爱上了诗！根植大地的他们自然到达不了心中向往的远方，所以当遇到一个从诗的国度远道而来的唐僧，就注定要改变他们眼前的苟且生活。

耐不住生活的苟且，向往诗和远方

松树精十八公掳走唐僧后，与唐僧说的第一句话就表明来意："圣僧休怕。我等不是歹人，乃荆棘岭十八公是也。因风清月霁之宵，特请你来会友谈诗，消遣情怀故耳。"而且十八公还说："一向闻知圣僧有道，等待多时，今幸一遇。如果不吝珠玉，宽坐叙怀，足见禅机真派。"再次表明，树精们对唐僧是仰慕已久，您要是能和我们一起坐坐聊聊天、签个名，就是我们无上的荣幸。总之，对于这次

能和唐僧相会,树精们是煞费苦心,期待已久。

几万里之外的大唐,那个盛产诗的国度,一定是树精们最向往的诗意远方,此时的树精们,只知道大唐是他们到达不了的远方,还没有意识到荆棘岭是他们的快乐源泉。

树精们的诗词水平到底如何?

第六十四回没太多的惊险内容,有的是大段大段的诗词唱和,所以树精们和唐僧的诗就成了主要研究对象。至于树精们写诗的水平怎么样,我们得首先来了解一个关于诗的常识。

稍懂一点诗词常识的人都能看出来唐僧和树精们写的都是格律诗,而且是格律严谨的七言律诗。唐僧取经时的大唐尚处于唐太宗李世民时期,此时的大唐,别说李白、杜甫还没有出生,格律诗奠基人之一的杜甫爷爷杜审言还没出生。而远在几万里之外的树精们出口就吐出数首格律严谨的诗,还没有齐梁时代的香艳遗风,我们怎么忍心批评树精们的作诗水平呢?当然在此还是要夸一下唐僧,真没给大唐丢脸,不仅同样吐出数首格律严谨的七言律诗,而且诗词意境也是技压树精们一筹。

树精们到底想不想害唐僧,这个好像不太好判断,毕竟唐僧肉是妖妖都在抢的热门人肉,但是在唐僧和树精们一起度过的美好夜晚,真的只是谈诗唱和,就算突然贸然来个杏仙,也是意外的小插曲。

树精们和唐僧一晚上都在谈诗,而且还请唐僧共用餐食,如果树精们对唐僧有恶意的话，那是有无数个机会的，唐僧也留心看了树仙们的地方，赞这里"水自石边流出，香从花里飘来。满座清虚雅致，全无半点尘埃"。可知树精们相当有修为，唐僧也是欢乐开怀，十分欢喜。

诗兴发过之后，唐僧向树精们提出："夜已深沉，三个小徒，不知在何处等我。意者弟子不能久留，敢此告回寻访，尤无穷之至爱也。望老仙指示归路。"四位树精也笑道："圣僧勿虑。我等也是千载奇逢。况天光晴爽，虽夜深却月明如昼，再宽坐坐，待天晓自当远送过岭，高徒一定可相会也。"树精们有没有说谎呢？

取经团到达荆棘岭时，悟空曾登云远望，目测荆棘岭"一望无际，似有千里之遥"。八戒开路，师徒四人紧紧跟随，"这一日未曾住手；行有百十里"之后在一块空阔之处看到"荆棘岭"的石碣。接着八戒再次开路，师徒们"马不停蹄，又行了一日一夜"，那应该是又行了百十里，这样推算，唐僧如果继续走下去，通过荆棘岭至少还有八百里路程。此时唐僧被十八公带走，等到悟空等人找到唐僧时，是这般情形：

"原来那孙大圣与八戒、沙僧，牵着马，挑着担，一夜不曾住脚，穿荆度棘，东寻西找；却好半云半雾的，过了八百里荆棘岭西下，听得唐僧吆喝，却就喊了一声。"

事实证明,树精一点也没有撒谎,唐僧剩下的八百里路程树仙们送他过去了。树精如果真的想困住唐僧,不让唐僧走,完全可以在荆棘密布的深处,根本不需要在荆棘岭的尽头,而且树精们说"待天晓自当远送过岭,高徒一定可相会也",这也一点没有骗唐僧。

所以,如果没有杏仙的乱入,唐僧应该可以和树精们度过一个美好的诗会,唐僧继续去往他取经的远方,树精们继续在自己苟且的地方眺望着他们心中的远方。

可是,这世上什么都不缺,缺的就是如果,如果真的有如果,树精们是否会明白,与诗和远方相比,眼前的苟且比什么都重要!

朱紫国的那些事儿（一）

取经团进入朱紫国,可谓是看点纷呈,头条新闻频出。先是国王生病招医引出猴子会看病,猴子不仅看好了病而且找出了国王的病根帮国王救皇后,打妖怪。这么多好看的新闻背后,当然会有一些不得不说的故事。

先来解读第一项:朱紫国国王到底得的什么病?

很多看过 1986 版电视剧的人会认为朱紫国国王得的是相思病,因为金圣宫娘娘被妖怪抓走了,国王忧虑成疾,相思病是最合适、最浪漫的解释。而且因得了这个病,朱紫国国王一度获评最深情的模范好丈夫、爱美人不爱江山的好郎君等荣誉称号,然而,这些都是读者一厢情愿的浪漫幻想,真相永远比想象更冷冽。

先说相思病,如果国王真是相思成疾,那心病还需心药医,只能等金圣宫娘娘救回来后国王才能病除。事实是,国王在服用了孙医生开的"乌金丹"后,"少顷,渐觉心胸宽泰,气血调和,就精神抖擞,脚力强健",再仔细看国王服药后的情况,是这样的:"不多时,腹中作响,如辘轳之声不绝,即取净桶,连行了三五次,服了些

米饮,虀倒在龙床之上。有两个妃子,将净桶捡看,说不尽那秽污痰涎,内有糯米饭块一团。"

连近龙床的妃子都说道:"病根都行下来也!"明明病根是国王三年前吃的糯米饭一团,三年来积食在腹内,明显的消化不良加便秘,孙悟空的乌金丹只是让国王排泄一通而已,怎么就非要扯上病根是金圣宫娘娘呢?

因为惊恐,端午节吃的粽子凝滞在内,也因此才会在服用了孙悟空的灵丹后,排泄出三年前积滞之物后就体健身轻,精神如旧。到此,即便孙悟空不去打妖怪、救金圣宫娘娘,国王的病也已然好了,从得病到病好,其实和金圣宫娘娘关系并不是很大。

也许说到这里,一些爱情至上的浪漫主义者并不能接受,觉得国王对娘娘一往情深,怎么就被你几句话给勾销了?那么我们再来看妖怪来袭时的具体场景。

据朱紫国国王说,那妖精"访得我金圣宫生得貌美姿娇,要做个夫人,教朕快早送出。如若三声不献出来,就要先吃寡人,循吃众臣,将满城黎民,尽皆吃绝。那时节,朕却忧国忧民,无奈,将金圣宫推出海榴亭外,被那妖响一声摄将去了"。

真是从没见过有人把贪生怕死说得如此清新脱俗,也没有见过有人把忧国忧民说得如此猥琐无耻。原文说得很清楚,妖精要作怪,第一吃的就是国王自己,其次吃众臣,最后才是黎民百姓,而国王和满朝文武竟未见有一个站出来抗战迎敌的!

是无兵将可用吗？在后回孙悟空去妖精洞口叫阵时，妖精问金圣宫娘娘朝中有多少将帅，娘娘清楚地回答："在朝有四十八卫人马，良将千员；各边上元帅总兵，不计其数。"如此多的众将男儿，未见一人出面迎敌，国王却说自己忧国忧民，无奈之下将金圣宫推出去的，看清楚，是国王亲手把金圣宫推出去的！这国王对金圣宫的爱到底有多少？他真的是爱美人不爱江山吗？

这不禁让人联想到安史之乱的马嵬坡事件，军队哗变，一切都取决于李隆基是否杀杨贵妃，在"陛下安""将士安"和"美人安"三者之间，李隆基轻易就做出了亲手赐死杨贵妃的决定。"在天愿作比翼鸟，在地愿为连理枝"，失去了杨贵妃后，我们不知道李隆基会不会得双鸟失群之症，会不会对贵妃思念成疾。我们知道的是，无论怎么集三千宠爱于一身，李隆基在江山与美人之间，最终选择的是江山！

至于朱紫国国王，我只想说，他既不是一个好国王，也不是一个好丈夫。

朱紫国的那些事儿（二）

面对妖精的威胁，朱紫国国王亲手将金圣宫娘娘推出海榴亭，在自身安全与江山大业面前，朱紫国国王放弃了美人。那么江山对于朱紫国国王来说，又有多重要呢？朱紫国国王真的爱江山吗？

取经团在朱紫国会同馆询问管事的："国王可在殿上？"那管事的回答："我万岁爷爷久不上朝，今日乃黄道良辰，正与文武多官议出黄榜。你若要倒换关文，趁此急去，还赶上；到明日，就不能够了，不知还有多少时伺候哩。"

从后文我们知道国王久不临朝的原因是身体有恙，但是国不可一日无君，国王因身体原因久不上朝，这对江山、对百姓来说是极不公平的。虽然人吃五谷杂粮，国王龙体欠安也算常情，但是因生病而长期不上朝，连外国人员来倒换关文都不能正常进行，那就是国王的失职了。

朱紫国国王在见唐僧时，感慨大唐"诚乃是天朝大国，君正臣贤！似我寡人久病多时，并无一臣拯救"。大唐是否君正臣贤姑且不说，但是如果君王久病不临朝，那一定会有个太子监国，太子如果不行，老婆也是可行的。

再来看那个为国王治病招医的皇榜，竟然堂而皇之地公布于天下："今出此榜文，普招天下贤士。不拘北往东来、中华外国，若有精医药者，请登宝殿，疗理朕躬。稍得病愈，愿将社稷平分，决不虚示。"长期生病，久不临朝也就罢了，还要拿半壁江山来换他自己身体痊愈，而此时，他要拱手让与的人是圣贤还是人渣，是才俊还是鬼怪，他全然不管，说什么不拘北往东来、中华外国，只要治好他的病，就给人家半壁江山，试问过江山同意吗？

在见到取经团后，悟空已经为他治好病，这个国王在明知道取经团是一群来自别的国家的和尚，为了请求孙悟空帮他救回老婆，这国王竟然跪下道："若救得朕后，朕愿领三宫九嫔，出城为民，将一国江山，尽付神僧，让你为帝。"又是拿一国江山来换，半壁江山换他的健康，一国江山换他的老婆，这就是给朱紫国国君颁发"痴情郎"奖章的主要原因。为了一个美人，国王连一国江山都不要了，还不够痴情吗？且不说这国王此时说这话到底有几分真意，先想想这国王有多荒唐，就算你不爱江山，你不要做国王，却把一国江山百姓拱手让与一群不知底细的外国和尚，此举着实荒唐！

偏偏还有浪漫主义者非要说朱紫国国王是一个暖男，在金圣宫娘娘被妖怪掳走后，如果他不请医不问药，一心只愿求死，倒还真是成全他一个情郎称号，可叹娘娘生死未卜，这个败家国君已经开始不惜一切为自己治病了，敢问，他的心中，是爱情重要，江山重

要,还是他自己更重要?

即便真的要做一个为爱付出的暖男,那也应该知道如何保护自己爱的人,是愿意为她创造美好的天下与未来,为她创造一个风雨不侵、生存无忧的国家,而不是只沉迷于美人牺牲江山,更不是为了美人而荒废国政,甚至国破家亡,让爱着的她跟着自己受苦受累,最终还没有一个好下场。

一个国王,他首先是一国之君。李世民也好,武则天也好,不管他们是不是好儿子、好父亲、好老婆、好母亲,他们能让天下安、百姓安,能出现大唐盛世,他们就是好皇帝。反观历史中,有很多皇帝痴迷爱情,痴迷诗词,痴迷字画,痴迷木工……好像十八般武艺,样样精通,唯独不会做皇帝,那也绝不可能得到人们的赞赏和敬重,因为,你最应该做的是一个好皇帝!

那些称赞朱紫国国王爱美人不爱江山的人,只能说你们不是朱紫国的百姓。

朱紫国的那些事儿（三）

朱紫国国王渣是渣了点儿，可再渣那也是一国之主。这一难中的妖精们可不同了，上至菩萨坐骑赛太岁，下至无名小卒有来有去，都是替上头办事的，细数这些替上司办事的妖精们，看看他们怎么替上司把差事办好。

姓名：不详　职务：先锋　差事：抓取宫女

第一位出场的小妖算是赛太岁手下的中层干部——先锋，他一出场就自报家门："吾党不是别人，乃麒麟山獬豸洞赛太岁大王爷爷部下先锋，今奉大王令，到此取宫女二名，伏侍金圣娘娘。"至于他的真名真姓，书中倒是没说。这位先锋的尺寸拿捏得十分好，赛太岁让他取宫女，他就只是来取宫女，并不伤害其他人。而且这先锋颇有自知之明，自己的银枪被孙悟空一棒打成两截，就知道遇到强敌了，绝不恋战，"慌得顾性命，拨转风头，径往西方败走"。

这就是这位先锋的聪明之处，大王让他取宫女，他就来取宫女，没必要擅作主张干出力不讨好的事，更没必要在这里丢了性命，宫女取不来，只是他能力有限，超出能力范围的事及时禀报上

228

级就行,天塌下来自有个儿高的顶着。更重要的是,这位先锋就露了一面,在之后的热闹情节里,再也没有出现过。这位先锋,想来真是妖界中一位识时务的俊杰。

姓名:有来有去 职务:心腹小将 差事:下战书

与刚才那位先锋相比,这位名叫有来有去的心腹小将就不太会办差了。有来有去是敲着铺兵锣出场的,古代递送公文的士兵下战书时一般有敲锣开道的习惯,因有"两国交战,不斩来使"之约,大约敲锣是为了表明身份,不让别国误杀自己吧。可是这小将的铺兵锣,把身份是表明了,招来的却是不太遵守规则的孙悟空。

有来有去这趟差事是去朱紫国下战书的,那他的中心工作就是围绕下战书。据《元史·兵志四》记载:"铺兵须壮健善走者,不堪之人,随即易换。"战场上战机很重要,这下战书的士兵必须是善走者,第二回孙悟空学会了筋斗云后,祖师的徒弟众人就说:"悟空造化!若会这个法儿,与人家当铺兵,送文书,递报单,不管哪里都寻了饭吃!"可见铺兵就是要快速完成送文书、递报单的差事,求速度肯定是铺兵最重要的职业道德。可是这小妖不好好尽职办差,路上遇到孙悟空变化的道童,还要上去攀谈一番,不仅耽误了时间,还把赛太岁大王的家底都抖了出来。

有来有去作为铺兵不够尽职,作为心腹小将也不够格。赛太岁把他当成心腹小将,他又是怎么回报赛太岁的呢?且看他背后对赛太岁的评价:

"我家大王,忒也心毒。三年前到朱紫国强夺了金圣皇后,一向无缘,未得沾身,只苦了要来的宫女顶缸。两个来弄杀了,四个来也弄杀了。前年要了,去年又要;今年还要,却撞个对头来了。那个要宫女的先锋被个什么孙行者打败了,不发宫女。我大王因此发怒,要与他国争持,教我去下什么战书。这一去,那国王不战则可,战必不利。我大王使烟火飞沙,那国中君臣百姓等,莫想一个得活。那时我等占了他的城池,大王称帝,我等称臣,虽然也有个大小官爵,只是天理难容也!"

乍一看这段话,好像这个有来有去是个悲天悯人的好妖,可是,你别忘了他的职务是赛太岁的心腹小将。心腹,就是推心置腹认,能做到这个职业,那大王干的坏事他肯定没少参与。现在既然还占据这个职位,如果认为大王不该兴兵,那他就该好好地上书陈言劝诫,如果大王已然做了决定,作为心腹,他就该无条件地支持大王。人前他以大王心腹自居,背后却绪绪聒聒地恶语评价大王,帮大王下了战书,夺了朱紫国城池,心腹的他肯定跟着加官晋爵,却自怀着一颗慈悲之心,让大王背着天理难容的骂名,这算什么心腹?

所以,既然是妖,那就好好做妖,收起你的仁慈之心,要有了仁慈之心,那就不是妖,是人妖!难怪孙悟空一棒打死了他,这小将做人做妖都不够格。

姓名:赛太岁　职务:观音坐骑　差事:为朱紫国国王消灾

赛太岁是观音菩萨坐骑金毛犼的别称,至于他到朱紫国来的差事,上司观音菩萨给定了性:"与朱紫国国王消灾也。"这话说得连孙悟空都不信,欺君骗后,败俗伤风,要说生灾还差不多,怎么就成消灾了呢?

观音交代了前因后果,原来三年前,这朱紫国国王还未登基时,打猎伤了西方佛母孔雀大明王菩萨生的雌、雄两个孔雀,佛母很生气,后果很严重,誓要这朱紫国国王"拆凤三年,身耽疾疾"。当时观音菩萨跨着金毛犼在现场,这差事比较难办,观音菩萨号称大慈大悲救苦救难,让观音菩萨来降难给朱紫国肯定不合适,一流的下属是什么,急老板之所急,想老板之所想!

观音说这金毛犼是"因牧童盹睡,失于防守,这孽畜咬断铁索走来"。高级下属就是金毛犼这样的,急老板之所急的同时,不去请示老板直接办事,事儿办成了,功绩是老板的,事儿办砸了,顺理成章替老板顶缸。

金毛犼戴着秘密武器金铃下界,其威力能抵得上十个孙悟空,如果他真要宫女,要美人,灭了朱紫国国王,自己当国王都是轻而易举的事,可真要那么做,上司观音菩萨能不能兜得住? 这可是个问题。所以一流的下属还得有一项本领,就是帮领导办事,也得掌握分寸,至少不能给领导惹来麻烦。

金毛犼不愧是一流的下属,分寸拿捏得很准,他只是拆散了朱紫国国王和金圣宫娘娘,却并没有要了朱紫国国王的性命,他想要过过美人瘾,也是派先锋费一番周折去找国王要,而且从取经团进入朱紫国国界看到的景象来说,这朱紫国也算是国泰民安,如此完美地解决了大老板的难题,观音怎会亏待金毛犼?

结局自然是死罪可免,活罪也能饶。

朱紫国的那些事儿（四）

　　说到为领导办差这件事，不得不让人再次想起乌鸡国的那只青毛狮子。

　　乌鸡国国王肉眼凡胎，把文殊菩萨泡在井里三天三夜，文殊菩萨为了惩罚他，派坐骑青毛狮来降难于他。虽然青毛狮到乌鸡国后漂亮地完成了领导交给的任务，但是文殊菩萨对他是否能过美人关这一点非常不放心，要冒充乌鸡国国王三年，后宫佳丽那么多，青毛狮一个把持不住，三年之后，让这些后宫佳丽该如何面对死而复生的真国王？所以为了既让青毛狮办事，又不让他给自己惹麻烦，文殊菩萨就在派出狮子前先给他做了小手术："他是个骗了的狮子。"

　　而同样是帮领导办事而降难于国王的金毛犼，也要与朱紫国国王的金圣宫娘娘同居三年，观音菩萨没有文殊菩萨想得周到，金毛犼可没像青毛狮那样素了三年，孙猴子几乎拿质疑文殊菩萨同样的话来质问观音菩萨："菩萨，虽是这般故事，奈何他玷污了皇后，败俗伤风，坏伦乱法，却是该他死罪。"面对孙猴子的质问，观音显然是疏忽了,只能一味地帮金毛犼求情。

青毛狮与金毛犼相比,同是某领导的坐骑,同是为领导下界办差,同是去为难一个国王,连下界出差的时间都同是三年。不同的是,青毛狮是领导派下来的,出了问题文殊菩萨难辞其咎。而金毛犼则是自己"偷跑"下界的,就算他秽乱朱紫国后宫,那观音也可以以不知情为由推托,所以金毛犼到了朱紫国后,虽没有近得金圣宫娘娘的身,却"苦了要来的宫女顶缸。两个来弄杀了,四个来也弄杀了。前年要了,去年又要;今年还要,却撞个对头来了"。被骗了的青毛狮呢,别说王后妃子了,他就是连找个母狮子的机会都没有了,真是同妖不同命啊!

虽说这金毛犼是自己咬断铁索,走失下界为观音办差的,但这金毛犼如果真的玷污了金圣宫娘娘,三年灾满后,娘娘如果无颜回朱紫国,一时想不开走了绝路,观音菩萨也不是真就一点责任都没有。佛母要罚朱紫国国王的只是"拆凤三年",没说拆凤他一辈子,那怎样才能既完成使命,又保金圣宫娘娘周全呢?

此时,还有人送来了及时雨。

在金毛犼掳走金圣宫娘娘途中,正巧有位叫张伯端的紫阳真人路过,据他所说:"见朱紫国国王有拆凤之忧,我恐那妖将皇后玷辱,有坏人伦,后日难与国王复合。是我将一件旧棕衣变作一领新霞裳,光生五彩,进与妖王,教皇后穿了妆新。那皇后穿上身,即生一身毒刺。"所以三年来,即便金毛犼欲火难耐,也未曾近得金圣宫

娘娘身子。

　　这位紫阳真人偶遇金圣宫娘娘时，说是去赴佛会的，而且他一露面，孙悟空就能叫出他的名字，看来他在仙界地位不低，至少应该是颇有名气。那么当时他既然预计到皇后可能被玷辱，为什么不出手救她，而只是送给她一件霞衣护身呢？看似多管闲事的紫阳真人，这管闲事的水平相当高。

　　首先，他讨好了佛母，助力了观音。佛母要惩罚朱紫国国王拆凤三年，这紫阳真人也说他见朱紫国国王有拆凤之忧，他深知朱紫国国王这一难的起源，如果出手相救，那佛母的这一怒如何安抚，观音菩萨的功德如何圆满，金毛犼为上司分忧的使命如何完成？能经常赴佛会的紫阳真人怎么可能不谙其道呢，他不出手营救，却送霞衣护娘娘，于无声无息中助力，佛母、观音，乃至金毛犼，三方都顺利完成差事。

　　其次，他讨好了国王，保护了娘娘。想想如果没有他的五彩霞衣，即便国王拆凤灾满，他还能和自己的爱妃共沐爱河吗？就算朱紫国国王心存大度，那金圣宫娘娘又该在宫中如何自处，宫里其他嫔妃如何看待此事？而有了五彩霞衣，这些就都不是问题了。事后，朱紫国国王和娘娘每每想起这三年的经历，最感激的是谁？估计供奉一座紫阳真人庙都有可能吧！

　　最后，他讨好了取经团，成就了孙悟空。紫阳真人路见不平出手送衣的行为，说到底就是多管闲事。而取经团在朱紫国，无论是看病还是营救金圣宫娘娘，也是多管闲事，而如果没有三年前紫阳真人的多管闲事，这取经团救回来的娘娘就真成了闲事，所以取经团功德圆满，有你的一半也有我的一半，孙悟空见到紫阳真人，是不是有遇知音的感觉呢？

《西游记》里的一杯茶

《西游记》里的神仙们会死吗？

答曰：会。

第一回孙悟空外出学艺，就是为了"学一个不老长生，常躲过阎君之难"。而他学艺回来后，还是被阎王差的小鬼给抓了，在阎王殿里他看到生死簿上记载的是"直到那魂字一千三百五十号上，方注着孙悟空名字，乃天产石猴，该寿三百四十二岁，善终"。也就是说，尽管悟空自认为已经学成了"与天同寿的真功果，不死长生的大法门"，其实也只是把寿命增加到了三百四十二岁而已。勾销生死簿、大闹阎王殿是猴子不遵守规则，阎王是按规定履行职务，不然阎王也不会到天庭去告状。

那天上的神仙会死吗？

答曰：会。

从神仙们热衷于赴蟠桃盛宴、太上老君苦苦炼丹药、各路大咖抢吃唐僧肉等都可以看出，神仙们对长生之物的需求之旺盛，神仙们这么热衷这些食物，就是为了不死。

237

这些长生之物能满足神仙的需求吗？

答曰：不能。

纵观西游全篇，长寿之物品的短缺已经严重影响了神仙们对美好生活的追求。

先说蟠桃。蟠桃在天上是明显供不应求的物品，参加蟠桃盛宴必须收到请帖才行，并不是所有神仙都能吃到蟠桃，所以才会有诸如孙悟空、狮子精这样没有收到请帖的二愣子去大闹天宫。而且蟠桃的种植周期特别长，有三千年一熟、六千年一熟和九千年一熟的，只有吃到九千年一熟的蟠桃才能"与天地齐寿，日月同庚"。可见蟠桃在天上神界绝对属于特供食品，可不是随便什么样的神都能吃到的，吃不到的神照样会有寿命终尽的时候。

二说仙丹。太上老君的仙丹历来被称为长生不老之药，蟠桃会上老君称："老道宫中，炼了些'九转金丹'，伺候陛下做'丹元大会'，不期被贼偷去，特启陛下知之。"可知这仙丹作为特供食品，绝不可能批量生产，从孙悟空一人就能把他的仙丹偷吃个精光，看出这物品一定产量极低，而且老君拥有绝对的产业秘密，市面上也绝不可能有仿制品，普通的神仙肯定是吃不到老君炼的仙丹的。

三说人参果。万寿山五庄观"三千年一开花，三千年一结果，再三千年才得熟"的人参果"闻了一闻，就活三百六十岁；吃一个，就活四万七千年"，虽比不得蟠桃与天地齐寿、日月同庚的作用，却也是不可多得的长寿之物，但是这人参果一万年才只结得三十个果子,那是一般神仙能吃得到的吗?

四说小儿心肝。比丘国里怂恿国王用小儿心肝制长生不老药的是寿星的坐骑鹿精,鹿精是寿星的坐骑,他寻的秘方无论如何也有那么一点可信度,只是要用一千一百一十一个小儿的心肝煎汤,实在太违背人伦,所以整个《西游记》也就这么一个地方用这个方法,一般的神仙恐怕还没制成长生药就遭天谴了。

最后说唐僧肉。传说唐僧肉可以长生不老,而且唐僧是凡人,无论是妖还是神,对付一个凡人还总是最容易的吧,但是无论如何,唐僧也只有这么一个,就算拿住唐僧,也就那一百多斤肉,又能满足多少神妖的需求呢?

所以,西游社会里长生之物紧张的供求关系是影响其社会稳定与和谐的主要问题,社会主要矛盾就是神仙们日益增长的长寿生活的需求与长寿物品落后的社会生产之间的矛盾,解决矛盾的办法就是要大力发展长寿物品的生产。

其实在西游社会中,有一种群体,他们既没有资格和能力吃蟠桃、仙丹和人参果,也不会违背人伦地去炼制小儿心肝,更不会冒险去吃唐僧肉。但是,他们一样长生益寿。

比如火焰山的铁扇公主。人称其铁扇仙,无论是当地百姓还是土地公,都不称其为妖怪,而且她一点也不打唐僧肉的主意,细心的读者会发现,她有一样爱好,那就是喝茶。铁扇仙与孙悟空打斗一番后回洞府就叫道:"渴了,渴了! 快拿茶来!"近侍女童,即将香茶一壶,沙沙地满斟一碗,冲起茶沫漕漕。可见这茶是铁扇仙生活中的必备之物。

再比如荆棘岭诸仙,荆棘岭诸树仙们也不吃唐僧肉,他们是西游世界里最有文化的妖,邀请唐僧只是为了谈诗喝茶。他们之中的拂云叟邀请唐僧时就说:"若要吟哦,且入小庵一茶,何如?"唐僧喝了人家的茶,吟诗道:"半枕松风茶未熟,吟怀潇洒满腔春。"可见茶是树仙们的常饮之物,也是树仙们的待客之道。

再如观音庙里的老方丈,那可是活了几百岁的老方丈,见了唐僧师徒,便叫人献茶。"有一个小幸童,拿出一个羊脂玉的盘儿,有三个法蓝镶金的茶钟;又一童,提一把白铜壶儿,斟了三杯香茶。真个是色欺榴蕊艳,味胜桂花香。"唐僧还对其茶器赞不绝口。与观音庙做邻居的黑风山的黑熊精也是爱茶之人,孙悟空变作老方丈的样子去会见黑熊精,也是"以礼相见。见毕而坐,坐定而茶"。

除此之外,还有悟空在第十四回离开唐僧后,跑到老龙王那里就是为了"求钟茶吃"。玉华州里国王等人款待取经团也是茶宴。在西游里茶出现的次数特别多,但是非常奇怪的是,凡是爱茶饮茶的妖或仙,都是西游里的普通级别,没有资格去吃蟠桃和仙丹,却也都不吃唐僧肉!

那你发现问题了吗? 以上所有这些喝茶的或神或妖,或普通级别或大咖身份,他们都长寿长生,都不打唐僧肉的主意,为什么呢? 答案就是:茶。

读者朋友们,为了健康,请沏上一杯茶吧!

比丘国虐童事件始末

取经团进入比丘国境内,除了看不尽的繁华之外,最吸引他们眼球的是家家门口一鹅笼,由此曝光了比丘国一场骇人听闻的虐童事件。

事情的起因是这样的:三年前,一个道人给比丘国的皇帝进献了一个美女,从此六宫粉黛无颜色,三千宠爱于一身。可是,这皇帝真是不太爱惜自己的身体了。硬是日夜贪欢把自己身体搞垮了,而这道人,也就是那美女名义上的老爸,以国丈身份自居,向皇帝进言,他可以为皇帝炼制延年益寿的药方,但是需要一千一百一十一个小儿的心肝作药引煎汤服用,那些鹅笼里的孩子就是给皇帝供制药引用的。

真是无道昏君,看着这些祖国的花骨朵被困在小小的鹅笼里命在旦夕,一向以赶路要紧的唐僧也不淡定了,他要面见国王,为民做主。在见了国王和国丈后,事情却有了戏剧化的转变,原来是要吃一千一百一十一个小儿心肝的国丈转为要吃唐僧的心,此事最终以皆大欢喜收尾,但是本着惩前毖后、治病救人的原则,总结

241

一下，这场灾祸，到底该由谁来背锅？

国王担责吗？

日夜贪欢搞垮自己身体的是国王，不管百姓死活要吃小儿心肝的是国王，为了延年益寿下令挖唐僧心肝的也是国王，怎么说这国王都得背这个锅吧？可是现实呢，国王在事情曝光后，及时甩锅。那国丈是妖，那美后是惑，至于吃小儿心肝，"是朕不才，轻信其言，遂选民间小儿，择定今日午时开刀取心"。至于要吃唐僧，那是"一时误犯，不知神僧识透妖魔"。总之国王最多就是犯了轻信和误犯的毛病，而且为了那个美后，国王不仅没延寿，还得了一身的病，国王妥妥地一受害者的身份，结果不仅没被追责，还得到了寿星独家秘制仙枣三颗，成为这场事故最大的赢家。

鹿精担责吗？

在整个事故中，妖言蛊惑国王的是鹿精，为国王进献美后的也是鹿精，那鹿精就应该是这场事故的责任人吗？可是，国王爱美人，鹿精给他进献美人；国王搞垮了身体，鹿精帮他寻找药方；国王要延寿，鹿精第一时间告诉国王唐僧的心肝的作用。自始至终鹿精既没说谎，也没有只是空谈。他到达比丘国之后，唯一做的事情就是尽力地满足国王的需求，国王都没罪，鹿精又何罪之有？

很多人说鹿精到比丘国是为了害国王夺江山，但以鹿精的手段，弄死一个国王只是顷刻之间的事，何必以一个美后为代价并花费三年的时间呢？还有人说鹿精为了利用国王炼制长寿仙药，自

己的上司就是寿星，那寿星随手给国王的仙枣都能让国王长生，鹿精是寿星的宠儿，怎么会连这个待遇都没有啊！那鹿精下界真正的目的是什么？不是国王，不是比丘国儿童，他等的就是唐僧。如果以唐僧为团长的取经团都原谅了鹿精，比丘国的锅怎么还能让鹿精背呢？

寿星担责吗？

一般自己的下属下界为妖，其主人也有治家不严之罪，可是这个寿星老头很有趣，他说："前者，东华帝君过我荒山，我留坐着棋，一局未终，这孽畜走了"。他和东华帝君下了多久的棋呢，鹿精下界三年，按天上一天人间一年算，这俩人下了三天棋，而且三天了还说一局未终，这是多么高超的棋友啊！但不管你们信不信，寿星就是一口咬定在下棋，如果有罪的话，那就是棋逢对手下得太入迷了，而且寿星不还给国王三颗益寿延年的大红枣嘛，这也算将功赎罪了吧？看看，当寿星带着鹿精离去时，"朝中君王妃后，城中黎庶居民，各各焚香礼拜"。寿星何罪之有，有的只是恩典啊！

当地土地担责吗？

比丘国土地掌管一方土地，是仙界最基层的干部，既没有在鹿精到来之时明察，也没有在取经团到来之时及时相告，还是在取经团寻上门时才自吐苦水，那这土地该为此事件负责吧？在取经团面前，土地作如此辩解："比丘王亦我地之主也，小神理当鉴察；奈何妖精神威法大，如我泄露他事，就来欺凌，故此未获。"小小一方土地,惹不起比丘国国王,惹不起取经团,也惹不起这妖怪,再说取经团所经之地,处处有土地,如果每个地方的妖怪之祸都由土地背锅,那得有多少土地被治罪,况且在捉拿鹿精的过程中,土地提供了重要的线索和情报,这堪比立功,拿一国之祸让基层干部背锅,总也说不过去。

比丘国朝臣担责吗?

国王迷恋美后已达三年之久,三年之内,这些朝中大臣就没有一个劝谏的吗?国王要吃那么多孩子,当地的官员们也没有一个出来阻止国王荒唐行径的,他们不应有失察之罪吗?先说国王迷恋美后那三年,一朝选在君王侧,从此君王不早朝。那么取经团进入比丘国后看到"礼貌庄严风景盛,河清海晏太平年"又是怎么回事?没有这些大臣们,就这么个昏君和妖精国丈,能治理好国家吗?那要吃那些儿童的心肝的事件,命令是国王下的,大臣们怎敢不重视国王的命啊,更何况还是为了给国王治病,所以朝臣治国有功,当然不能治罪。

那谁来为这起事故负责,这是个问题,又似乎不是一个问题。从孙悟空刚曝光鹿精身份开始,大家都心照不宣地把问题指向了一个人。

取经团曝光了国丈和美后的身份,"多官一齐礼拜,感谢神僧"。百官感谢不奇怪,奇怪的是"正宫、东宫、西宫、六院,概众后妃,都来拜谢大圣",特别是国丈和妖后逃了,孙悟空说要剪除后患

时，"三宫六院，诸嫔群妃，都在那翡翠屏后；听见行者说剪除后患，也不避内外男女之嫌，一齐出来拜告道：'万望神僧老佛大施法力，剪草除根，把他剪除尽绝，诚为莫大之恩，自当重报！'"。能让三宫六院的女人们两次出来拜谢并请求剪除后患的原因，看过宫斗剧的人都清楚吧，女人之间的争斗真可怕！

　　寿星及时赶到救下鹿精，平时不论见到美人还是美妖都无法自持的八戒，这次却"抖擞精神，随行者径入清华仙府，呐声喊，叫：'拿妖怪，拿妖怪！'"。美后逃跑不得，现出原形，原来是一只白面狐狸。八戒"举钯照头一筑，可怜把那个倾城倾国千般笑，化作毛团狐狸形"。此时的八戒知道，这面前的不是美女，不是美后，而是这件事故的最终祸水，这时可千万不能救美！

　　倾国倾城的美后陪伴君王三年，死后那个君王连看都不看她一眼；做了鹿精三年干女儿的美后，到死连鹿精几声悲悯都那么求而不得；那个美狐狸，连唐僧长什么样都没有见过，就此成为取经团此次行动的唯一战果。

245

凤仙郡之祸百姓背锅

取经团进入凤仙郡，看到的是官府张贴的一张情真意切的招贤求雨榜，再后来见到一个动不动就行礼下拜、求贤若渴的郡侯上官正，听其名观其行，大家都觉得凤仙郡人民虽然遭遇旱灾之大不幸，万幸的是他们遇上了一个爱民如子的父母官。然而，事实真的如此吗？凤仙郡的旱灾之祸到底从何而来？

不论是看原著还是看电视剧，都知道凤仙郡三年不下雨的根本原因在于惹怒了玉帝，导致玉帝降罪于凤仙郡，但是到底是谁惹怒了玉帝呢？

孙悟空来到天庭，玉帝说出了原因："那厮三年前十二月二十五日，朕出行监观万天，浮游三界，驾至他方，见那上官正不仁，将斋天素供，推倒喂狗，口出秽言，造有冒犯之罪，朕即立以三事，在于披香殿内。汝等引孙悟空去看。若三事倒断，即降旨与他；如不倒断，且休管闲事。"原来，冒犯玉帝的正是那个郡侯上官正自己，是他将斋天的素供推翻喂狗并口出秽言，从而惹怒了玉帝。

除了他之外，凤仙郡还有人冒犯玉帝吗？

有,那就是郡侯的老婆。

当悟空质问郡侯时,他也不敢隐瞒,说出实情:"三年前十二月二十五日,献供斋天,在于本衙之内,因妻不贤,恶言相斗,一时怒发无知,推倒供桌,泼了素馔,果是唤狗来吃了。这两年忆念在心,神思恍惚,无处可以解释。不知上天见罪,遗害黎民。今遇老师降临,万望明示,上界怎么样计较。"至此,事情才算真相大白,郡侯推翻供桌、口出秽言冒犯玉帝的原因,源于一场夫妻吵架,如此说来,惹怒玉帝的有两人,一个是郡侯上官正,一个是郡侯老婆。

冒犯天尊,这历来就是大不敬之罪,作为天地间最高的主宰者,玉帝应该有多种惩罚上官正夫妻的方法,可以置他们于死地,可以押他们下地狱,可以拆凤害其相思,让他们生不如死,但是玉帝却选择了最令人不可思议的方法——将旱灾降于整个凤仙郡人民!

很愤怒吗?不公平吗?这在西游的世界里并不是首例。还记得那个朱紫国国王吗?他因误伤了西方佛母的儿子,被佛母惩罚的是"拆凤三年,身耽啾疾",但是观音的坐骑金毛犼在执行此任务时,隔三岔五地来索要宫娥并均弄死,并扬言要"将满城黎民,尽皆吃绝"。朱紫国黎民又何其无辜?再比如,那个冒犯了文殊菩萨的乌鸡国国王,被青毛狮顶缸三年,万幸的是这个青毛狮并没有像观音的金毛犼那样杀生害命,不然真不知乌鸡国的百姓会度过一个怎样的三年。

所以说，上级惹祸，百姓背锅，这种现象在西游的世界里确实也是见怪不怪。与此同时，朱紫国、乌鸡国的人民在背锅时，他们的国王日子也不好过，一个重病三年，一个泡在井里三年，而这凤仙郡人民大旱三年的时候，郡侯的三年过得怎么样呢？

凤仙郡百姓的生活在凤仙郡的祈雨榜文中写得很清楚，凤仙郡内"富民聊以全生，穷军难以活命。斗粟百金之价，束薪五两之资。十岁女易米三升，五岁男随人带去。城中惧法，典衣当物以存身；乡下欺公，打劫吃人而顾命"。老百姓的日子凄惨之极，已然到了卖儿卖女的地步了，而这榜文中用以招贤的赏金却是"祷雨救民，恩当重报。愿以千金奉谢，决不虚言"。而且郡侯见到取经团后，再次承诺"若施寸雨济黎民，愿奉千金酬厚德"！就是说，即便民间老百姓已经卖儿卖女、饿殍遍野了，这官府手中还是有千金存货的。

当然，在饥荒年代，千金也比不上一碗米粮。那么，除了千金，郡侯家里有存粮吗？

先说取经团到凤仙郡的第一天的伙食，"郡侯即命看茶摆斋。少顷斋至，那八戒放量舌餐，如同饿虎。唬得那些捧盘的心惊胆战，一往一来，添汤添饭，就如走马灯儿一般，刚刚供上，直吃得饱满方休"。猪八戒的饭量有多少？通天河边的陈家庄，蒸得"一石面饭、五斗米饭与几桌素食"也只是让八戒吃了个半饱，而这郡侯的招待竟能让猪八戒吃到饱满方休，可见这郡侯家里粮仓存货还

是充足的。

再说孙悟空求雨成功后,只才降了一天雨,那凤仙郡的庄稼不可能一天就长出来吧,但是郡侯是怎么款待取经团的呢?郡侯"连夜差多人治办酒席,起盖祠宇。次日,大开佳宴,请唐僧高坐;孙大圣与八戒、沙僧列坐。郡侯同本郡大小官员部臣把杯献馔,细吹细打,款待了一日"。这还没算完,接着还有"一日筵,二日宴;今日酬,明日谢;扳留将有半月,只等寺院生祠完备"。足足款待了取经团半个月,忽略别人的饮食,光想想那八戒的饭量,就能得知,当郡民们已然为郡侯的行为背锅到"十门九户俱啼哭,三停饿死二停人"的地步,郡侯家里的日子过得是多么富足!

然而不可思议的事还没有结束。

那郡侯为了表达自己皈依的决心,用了仅仅半个月时间就盖起了一座"殿阁巍峨,山门壮丽"的新寺庙!速度之快连唐僧都惊讶:"工程浩大,何成之如此速耶?"所有人都和孙悟空一样赞郡侯"果是贤才能干的好贤侯也",却无一人问:这些百姓吃饱了吗?这些钱从哪里来的?

作为凤仙郡的百姓,他们看到的是,一个愿散尽千金为他们四处求雨的父母官;他们被告知的是,只要他们"人人归善""仰朝天上将,洗心向善尽皈依"即可免除旱灾;他们需要做的是,还未播种庄稼就忍着饥饿,为郡侯建起一座功德寺庙。然而他们永远搞不清的是,这场灾祸到底因谁而起?

塑料情满金平府

塑料情,大概意思就是说表面关系很好,其实经不起考验,背后互捅刀子的脆弱关系。天竺国外郡金平府满目繁华中处处流金,处处流塑料情意。

慈云寺和尚 VS 佛祖

书中描写慈云寺"珍楼壮丽,宝座峥嵘",这里的僧人生活比较宽裕,当唐僧问及地名时,众僧道:"我这里乃天竺国外郡,金平府是也。"天竺国对唐僧来说再熟悉不过了。第十二回唐王问观音菩萨大乘佛法在何处,观音菩萨回答:"在大西天天竺国大雷音寺我佛如来处,能解百冤之结,能消无妄之灾。"从那时起天竺国就成了唐僧的人生目标,这金平府已经到达天竺国外郡,离如来的大雷音寺已经很近了。

可是这里日日念佛诵经的和尚们听说唐僧来自东土大唐时,竟"倒身下拜,慌得唐僧搀起",问院主为何行此大礼,院主和尚解

释说:"我这里向善的人,看经念佛,都指望修到你中华地托生;才见老师丰采衣冠,果然是前生修到的,方得此受用,故当下拜。"真是振聋发聩,从中华地出发的唐僧历经千辛万苦,差点把命都丢了,走了十几年才来到的心心念念的天竺国,这里人却说他们一生修行的目的是来生生在中华地!

天竺国这里吃斋礼佛的和尚们还说:"西去到灵山,我们未走,不知还有多少路,不敢妄对。"滑稽不,尴尬不,唐僧经历了这么多劫难,九死一生也要去灵山,而生来就在天竺国的和尚们,却从来没有去过灵山,难道灵山真的是照远不照近? 如来心里会怎么想,千里迢迢而来的唐僧心里会怎么想?

如来心里怎么想不清楚,反正唐僧心里是有想法了。以往唐僧都是最着急赶路的,这次在慈云寺,却因被众僧劝说住到元宵节看花灯,唐僧就真的暂且住下游山玩水了,直到他被三个魔王捉去,四值功曹才一言中的:"你师父宽了禅性,在于金平府慈云寺贪欢,所以泰极生否,乐盛成悲,今被妖邪捕获。"那唐僧怎么就宽了禅性贪欢,焉知和慈云寺的和尚无关呢?

金平府百姓 VS 佛祖

三个牛精化身作佛,金平府百姓们对佛的感情其实是和对三个牛精的感情混同的。三个牛精在此已经千年。这里的百姓供牛

精吃了千年的酥合香油,三个牛精也保了金平府千年的五谷丰登风调雨顺,元宵节前两天就会有街坊众信人到佛殿上送灯献佛,元宵节当晚,不仅有花灯看不尽,还有三盏灯油献给佛爷的热闹景象,众人供油献灯,上千年传统足以证明金平府百姓和三个牛精化身的佛之间有着相依相存的深厚感情吧?

然而不。

取经团降住三个妖王后再到金平府,众神推落犀牛,一簇彩云落在府堂上,"唬得这府县官员,城里城外人等,都家家设香案,户户拜天神。少时间,慈云寺僧把长老用轿抬进府门,会着行者,口中不离'谢'字"。对取经团感激不尽,这家酬那家请也就算了,最不可解的是,"叫屠子宰剥犀牛之皮,硝熟熏干,制造铠甲;把肉普给官员人等"。保了金平府千年风调雨顺的牛精,最终的下场和黄狮精一样成了满城官员的下酒菜。难道就是因为可以"永蠲买油大户之役"吗?

那我们来算算牛精们吃的香油这笔账。

按慈云寺的僧人所说,"这油每一两值价银二两,每一斤值三十二两银子。三盏灯,每缸有五百斤,三缸共一千五百斤,共该银四万八千两。还有杂项缴缠使用,将有五万余两"。这五万两并非一家来出,而是由旻天县"二百四十家灯油大户"来平摊,且是一年摊一次,所以慈云寺僧也说:"每家当一年,要使二百多两银子。"一年二百两银子对灯油大户来说负担有多重呢?

这金平府的情形和通天河陈家庄是非常类似的,同样的五谷丰登之地同样有一个妖王,一年来收一次报酬,只是陈家庄的金鱼精吃的是童男童女。在陈家庄悟空还向陈家老者出主意说:"既有这家私,怎么舍得亲生儿女祭赛? 拼了五十两银子,可买一个童男;拼了一百两银子,可买一个童女。连绞缠不过二百两之数,可就留下自己儿女后代,却不是好?"且先不论拐卖儿童本就不合理,不过二百两之数,单就这说话口气来说,在西游人眼里,二百两真不是大数字。

这金平府百姓的市民生活比陈家庄庄稼户生活更加奢华,二百两算多吗? 况且比起吃孩子,这牛精只是爱吃油,灯油大户每家每年只出一次二百两银子就可以保一年的五谷丰登,那么他们在普天同庆共吃牛肉时,有没有想过,明年谁来保他们这里风调雨顺?

犀牛精 VS 西海龙王

三个犀牛精在如来眼皮子底下混吃香油千年,三个牛精和如来能一点关系都没有吗? 所以即便这里是天竺国,即便三个牛精化身的是佛爷,孙大圣既没有向观音求助,也没有就近取道灵山,而是飞向天庭找玉帝搬兵。而且在整个降伏过程中,如来、观音一概未露面,要知道那个红孩儿只是冒充了一次观音就被菩萨收了,

小雷音寺的黄眉怪冒充了一次佛祖就被东来佛祖收了,这冒充了千年佛祖的三个犀牛精,佛界一个出面的都没有,真不知这三个牛精在佛界是怎么混的。

也许他们根本没有在佛界混,但他们一定有个朋友在西海。

在孙大圣和天兵的联合剿杀中,危急时刻的三个牛精同时跑向了西海。龙王敖闰在刚听到汇报说有三个犀牛赶来,就断言:"快点水兵。想是犀牛精辟寒、辟暑、辟尘儿三个惹了孙行者。今既至海,快快拔刀相助。"能准确说出他们的名字,可见龙王敖闰和这三个牛精是熟人。危难之际,他们以为投靠的是朋友,却没想到龙王敖闰即令太子敖摩昂率兵卒协助孙大圣擒妖,落井下石也不过如此吧!

不过要说还是三个牛精择友不慎。他们也不打听打听那西海龙王敖闰是个什么样的人,自己的亲儿子小白龙烧了他的珠子,他就向玉帝告状要诛杀亲儿子,自己的亲外甥小鼍龙捉了唐僧不忘请他过寿同吃,而在事情败露后他即派儿子敖摩昂率兵帮取经团捉了亲外甥。亲儿子、亲外甥都尚且如此,三个牛精,你们是何来的自信,觉得自己在危难时机可以投靠西海龙王呢?

孙悟空 VS 牛魔王

辟寒、辟暑、辟尘是三个犀牛精的名字,这难免让人联想到牛魔王的坐骑辟水金睛兽,辟寒、辟暑、辟尘、辟水好像是一个家族的,书中没有说他们有什么联系,但是牛魔王和孙悟空倒是清清楚楚、明明白白的塑料兄弟情。

还在花果山时,孙悟空美猴王就与牛魔王、蛟魔王、鹏魔王、狮驼王、猕猴王、禺狨王等结拜为兄弟,当时把酒当歌,兄弟情深几何。可是转眼孙猴子上天做大圣吃蟠桃喝玉酒,并没有想念任何一个兄弟,相应地,他被囚五行山下五百年间也没有一个兄弟还念着他。一直等到红孩儿出现时,悟空才想到"那牛魔王曾与老孙结七弟兄。一般五六个魔王,止有老孙生得小巧,故此把牛魔王称为大哥"。这牛大哥认不认得他还未知,他即找菩萨在号山降了大哥的儿子,在火焰山钻了大嫂铁扇仙的肚子,在积雷山欺打小嫂子玉面公主,最终伙同仙家各界共同镇压了牛大哥。

牛魔王、铁扇仙和红孩儿都是被迫收编的,将来的斗战胜佛或许还有机会和牛大哥一家重逢的时刻。不知那时候,孙老弟是否还会叫一声牛大哥?

也许有人说,三个犀牛精在此为害千年,取经团找天庭帮忙为如来除害,取经团对如来才是"真爱"。你看,捉住了三个犀牛,得

了六只珍贵的犀牛角,孙大圣很有主张,"四位星官,将此四只犀角,拿上界去,进贡玉帝,回缴圣旨。"另外两只呢?"留一只在府堂镇库,以作向后免征灯油之证;我们带一只去,献灵山佛祖。"

　　留在金平府的大家都看到了,说好的带给如来的那只呢? 见了如来,压根就没提这事吧? 即便如来手下人明着讨要"人事",取经团也没提这事吧? 能怪如来给了你一捆无字废纸吗?

寇员外一家与强盗们

铜台府地灵县是取经团到灵山前的最后一站，这里没有神妖设阻，没有水深山险，取经团遇到的是寇员外一家人和一群凡夫强盗，对付这些人，孙悟空只需要变化弄巧一番即可，这算得上是取经的一难吗？

《西游记》第八回，如来对众神说："我观四大部洲，众生善恶，各方不一：东胜神洲者，敬天礼地，心爽气平；北俱芦洲者，虽好杀生，只因糊口，性拙情疏，无多作践；我西牛贺洲者，不贪不杀，养气潜灵，虽无上真，人人固寿；但那南赡部洲者，贪淫乐祸，多杀多争，正所谓口舌凶场，是非恶海。我今有三藏真经，可以劝人为善。"也就是说，西游世界里共有四个洲，东胜神洲、北俱芦洲、南赡部洲和西牛贺洲。其中东胜神洲和西牛贺洲乃第一世界，属大同社会，北俱芦洲虽有不足却也可归入小康社会，唯有南赡部洲最是烧杀抢掠、道德败坏之地，而南赡部洲在哪里呢？正是大唐所在地。

所以取经团的初心应是劝人为善，使命就是把西牛贺洲先进的文化之经取回大唐，从而提升整个国家的国民素质。

然而，大唐是不是真的"贪淫乐祸，多杀多争"暂先不说，可以肯定的是，西牛贺洲可绝不是什么"不贪不杀，养气潜灵"之地。

铜台府地灵县是西牛贺洲到灵山最近的县区，寇员外对唐僧说："此间到灵山只有八百里路，苦不远也。"如来说的西牛贺洲"不贪不杀，养气潜灵，虽无上真，人人固寿"之语属实的话，那在如来眼皮底下的这个小城怎么都应该算是文明城市标兵吧？

然而事实上，不！

唐僧向路人询问哪里可以化斋，一老者虽向唐僧指明了寇员外家，却道："有一个虎门楼，乃是寇员外家。他门前有个'万僧不阻'之牌。似你这远方僧，尽着受用。去！去！去！莫打断我们的话头。"试想你向路人问路，对方给你指了路，最后说"快走快走，别打扰我做事"，你觉得如何？

取经团到了寇员外家门口，"须臾间，有个苍头出来，提着一把秤，一只篮儿，猛然看见，慌的丢了，倒跑进去报道：'主公！外面有四个异样僧家来也！'"。这个苍头叫寇员外"主公"，应该是寇员外家的奴仆，这奴仆去做什么没说，一出场就"提着一把秤，一只篮儿"，如果去卖东西不可能提个空篮，如果去买东西为什么随身带把秤呢？有没有黄世仁家穆仁智出场的即视感？

再说那寇员外，他"有一簿斋僧的账目。连日无事，把斋过的僧名算一算，已斋过九千九百九十六员。止少四众，不得圆满。今日可可的天降老师四位，完足万僧之数，请留尊讳。好歹宽住月余，待做了圆满，弟子着轿马送老师上山"。他说要斋满一万个和尚，那记录自己斋了多少个和尚还可理解，可要记录斋过的每个和尚的名字，闲来无事还要一个个数着算算，这是一个乐善好施的人设吗？

更有意思的是，寇员外的两个儿子说："四位老爷，家父斋僧二十余年，更不曾遇着好人，今幸圆满，四位下降，诚然是蓬荜生辉。"这寇员外二十年斋僧九千九百九十六人，从不曾遇着一个好人？这话如何理解？是说在这不贪不杀的文明之地还有这么多坏和尚？还是说这些坏和尚都是从西牛贺洲以外的地方入境的？斋了九千九百九十六个和尚都没遇着一个好人，这寇员外运气未免也太差了吧？

寇员外说遇到取经团四个和尚正好功德圆满，要求取经团配合他做个圆满道场，唐僧虽着急赶路也不好意思拒绝，这样经过了"五七遍朝夕""众僧们写作有三四日"，才选定良辰，开启佛事，"如此做了三昼夜，道场已毕"。如此前后折腾了半个多月，唐僧请辞时，寇员外还是不肯放行。

寇员外的老婆要求取经团再住半个月，寇员外的儿子也要求取经团再住半个月，是这一家人真的热情好客吗？且不说好客之人应该如何考虑客人的感受，单就这寇家人，从一开始就知道了唐僧是"东土大唐皇帝钦差，诣宝方谒灵山见佛祖求真经者"，唐僧也表示"我若到灵山，得见佛祖，首表员外之大德"。不论是大唐皇帝

的亲差,还是面见如来的取经僧,讨好这几个大咖总是没错。也许正因为此,寇员外的老婆、儿子才更衣来见,如果不是大唐皇帝的亲信,不是去往灵山拜见如来,这家人又会是什么接待规格呢?

当唐僧执意要去时,那老妪与二子便生起恼来道:"好意留他,他这等固执要去,要去便就去了罢! 只管唠叨什么!"母子遂抽身进去。如此这般,你还觉得寇员外一家仅仅只是乐善好施吗? 如果没有下文,说不定寇家儿子以后会说:家父斋僧一万人,从不曾遇到一个好人!

取经团离开后,寇家来了强盗,上文提到的九千九百九十六个"坏和尚"或可还能是从西牛贺洲之外入境的,但这些抢劫的强盗可的的确确是本地人:"却说铜台府地灵县城内有伙凶徒,因宿娼、饮酒、赌博,花费了家私,无计过活,遂伙了十数人做贼,算道本城哪家是第一个财主,哪家是第二个财主,去打劫些金银用度。"这群土生土长的铜台府地灵县凶徒,在灵山八百里的地方宿娼、饮酒、赌博,现在又干起了打劫的营生,如来啊,你真好意思说你西牛贺洲不贪不杀?

这伙强盗打死了寇员外,抢走了寇家财产,本应该博得大家同情的寇夫人先是"想恨唐僧等不受他的斋供,因为花扑扑的送他,惹出这场灾祸,便生妒害之心,欲陷他四众"。继而便捏造事实,构陷取经团:"贼势凶勇,杀进房来,我就躲在床下,战兢兢的留心向灯火处看得明白。你说是谁? 点火的是唐僧,持刀的是猪八戒,搬金银的是沙和尚,打死你老子的是孙行者。"取经团由此遭了凡间的牢狱之灾,在牢房里孙悟空用锦襕袈裟贿赂几个狱官,狱官们分赃不均:"若众人扯破分之,其实可惜;若独归一人,众人无利。"如来啊,铜台府地灵县的富人官员都尚且如此,你真好意思说你这里不贪不杀,养气潜灵?

孙悟空夜探寇府,寇家隔壁做豆腐的邻居说:"寇大官且是有子有财,只是没寿。"最终悟空到地府去时,那地藏王菩萨也说:"寇洪阳寿,止该卦数,命终,不染床席,弃世而来。"也就是说即便没有强盗,那寇员外寿命也到了。如来啊,一辈子斋了一万个和尚的寇员外都如此短命,你真好意思说你这里养气潜灵,人人固寿?

遭遇凡夫强盗,在取团路上这是第三次,第一次的强盗是为了给鹰愁涧的小白龙配戏,第二次的强盗是为了给假悟空六耳猕猴配戏,而这一次的强盗、寇家人及所有的官差全是凡夫,没有妖了,这些凡夫就是主角。寇员外斋万僧的心愿是圆满了,取经团的妖难圆满了吗?

九九归一,至此取经团历经了八十难,菩萨是真的忘了还有一难,还是不敢再设一难了?战胜外在的妖魔靠的是战斗力,那战胜内心的妖魔需要靠什么?在距离灵山这么近的地方,知道了真相的取经团要不要继续向前走?

让所有人都松了一口气的是,取经团还是继续上路了,书中说:"果然西方佛地,与他处不同。见了些琪花、瑶草、古柏、苍松。

所过地方，家家向善，户户斋僧。每逢山下人修行，又见林间客诵经。"

其实很多人，很多事情，明明知道真相，却忍不住拼命寻找漏洞和借口来推翻真相，成全自己心里想要的答案。

西牛贺洲是一个神奇的地方

唐僧从小就知道,西牛贺洲是一个神奇的地方。

据说在西牛贺洲,科学文化十分发达,社会文明程度极高。那里"不贪不杀,养气潜灵,虽无上真,人人固寿",是所有人梦想中的天国。

从识字开始,唐僧看的就是西牛贺洲的佛经,诵的就是佛法。从小接受西方文化熏陶的唐僧在南赡部洲备受推崇,他能把书本上的外来文化讲得很生动,很多地方请他传经授课。直到有一天,有一位来自西牛贺洲的大咖观音,对他的讲经不屑一顾:"你只会谈'小乘教法',可会谈'大乘教法'吗?"这时唐僧才知道,自己学习的这些都是南赡部洲式的西牛文化,至于观音所说的真正的西牛文化"能超亡者升天,能度难人脱苦,能修无量寿身,能作无来无去",唐僧真是闻所未闻。

为了让南赡部洲民众进一步信服,观音大咖展示了西牛贺洲两件高科技产品。第一件是九环锡杖:它拿在手上"九节仙藤永驻颜",跨在身下"下山轻带白云还",能"游天阙""破地关""上玉山"。

第二件是锦斓袈裟：穿上它"不入沉沦，不堕地狱，不遭恶毒之难，不遇虎狼之灾"。这技术实在太开眼了！

纸上得来终觉浅，绝知此事要躬行。为了学习西牛贺洲先进的科学文化，唐僧怀着强烈的爱国心报国志，决定去西方取经。

那一天，晴空万里，为唐僧送行的人排满了长安街，唐王亲自为他斟满一杯素酒，又弹一撮尘土入杯中，叮嘱他："宁恋本乡一捻土，莫爱他乡万两金。"

带着两个徒弟和一匹马，唐僧踏上了去往西方的万里求经之路。

理想很丰满，现实很骨感。唐僧三人还没过两界山，就落入了熊牛虎三魔之洞，两个徒弟也被吃了，不是说好了"不入沉沦，不堕地狱，不遭恶毒之难，不遇虎狼之灾"吗？

过了两界山，收了一个徒弟，这徒弟来自东胜神洲，是一个从石头里蹦出来的猴子，优点是本事不小，缺点是特别爱吹牛。他总是说五百年前他的光荣事迹，可是他那么牛不还是被西牛贺洲的如来压在山下了吗，明显还是西牛贺洲更牛嘛。

而且关键时刻，观音大咖又给唐僧送来一个西牛贺洲研发的高科技专利产品——无线声控蓝牙配对紧箍儿。只要唐僧轻轻一念咒语，那能上天入地的猴子就得老老实实地就地跪服，这愈加坚定了唐僧对西牛贺洲的敬服之心。

随后，在观音大咖的帮助下，唐僧又收了小白龙、猪八戒、沙僧,凑齐了整个取经队伍。唐僧在几个徒弟的保护下顺利地进入了梦寐以求的西牛贺洲地界。还记得那是黎山老母和几个菩萨设的局,黎山老母化作的老妇人说:"此间乃西牛贺洲之地。"他们不仅向唐僧展示了西牛贺洲的物丰人美,也进一步考验了唐僧对西牛文化的向往度。

进入西牛贺洲后,一路走来,唐僧既结识了像万寿山镇元大仙这样的大咖,也经历了白骨精等妖魔的众妖百态,唐僧渐渐发现,西牛贺洲的月亮也并不像传说中那样圆,反而大唐的名片越来越响亮。无论走到哪里,唐僧只要报上一句:"我乃东土大唐而来",就会受到高级待遇,在西牛贺洲的核心国天竺国的金平府,慈云寺的和尚竟然公开称"我这里向善的人,看经念佛,都指望修到你中华地托生"。

在天竺国的金平府,唐僧第一次在没有任何客观障碍的情况下延迟赶路,连功曹都对孙悟空说:"你师父宽了禅性,在于金平府慈云寺贪欢。"随后一场灾难再次降临,接着铜台府寇员外一家和这里的强盗让唐僧更清楚地认识了形势,继续西行,取得真经,赶紧回东土。

曾经的唐僧,和所有南赡部洲的人一样,自卑地想象着西牛贺洲像天堂一样美好,第一次听说"大乘教法"时,觉得自己的学识好浅陋,自己的国家好落后。第一次目睹锡杖和袈裟的功效时,那真是开了一个大眼界,原来这个世界还可以这么玩。

可是当有一天走出国门,唐僧才知道真正强大的国家原来就在南赡部洲,就是自己的国家。他越来越自信地向沿途国家说出"我乃东土大唐而来",他看到哪怕是在西牛贺洲的深山之处,都有一群树仙们学习唐人吟诗写诗,哪怕到了天竺国,仍有寺庙和尚终生修行希望来生能在中华家,哪怕就在灵山脚下,玩彩灯过元宵抛绣球招驸马都依然和十万里之外的中华无二般!

不走出国门,永远不知道自己的大唐有多强大!

在灵山,如来再说什么也不重要了,唐僧的心中只记得观音菩萨告诉他如来有三藏真经:"有《法》一藏,谈天;《论》一藏,说地;《经》一藏,度鬼。三藏共计三十五部,该一万五千一百四十四卷,乃是修真之径,正善之门。"取经才是硬道理,科学技术才是第一生产力,学成回国才是最终目的。

但听如来说:"阿傩、伽叶,你两个引他四众,到珍楼之下,先将斋食待他。斋罢,开了宝阁,将我那三藏经中,三十五部之内,各检几卷与他,教他传流东土,永注洪恩。"什么? 三藏经中各检几卷? 难道不是三藏经书的全部?

对,就是各检几部! 哪怕就是最终经历了空白经文一难,又舍出去了唐王的紫金钵盂,换回的真经依然是三藏总经中"各部中检出五千零四十八卷,乃一藏之数"。一颗求经拜佛的真心,十万八千里的风雨兼程,九九八十一难的考验,为了取这三藏经书,连名字都改成了唐三藏,最后只取了一藏经书,还被如来教育说:"经不可轻传,亦不可以空取。"

其实在这个世界上,任何一个国家都不可能把核心技术拱手让人!

当唐太宗修建寺庙搭起高台,唐僧"捧几卷登台,方欲讽诵,忽闻得香风缭绕,半空中有八大金刚现身高叫道:'诵经的,放下经卷,跟我回西去也。'"。随后,"行者三人,连白马,平地而起。长老亦将经卷丢下,也从台上起于九霄,相随腾空而去"。也就是说,取经团所有成员取经归来,只字未讲就被如来召回西方了!

"宁恋本乡一捻土,莫爱他乡万两金。"如来告诉唐僧你本就是我西牛贺洲的人,是我的二徒弟,你的故乡你的祖国在我这里。而孙悟空本就是东胜神洲人士,猪八戒、沙僧都来自天庭,这个团队没一个是你南赡部洲大唐人士。

科学技术的竞争,归根到底还是人才的竞争。独立自主、自力更生,无论过去、现在和将来,都是我们对外开放的根本立足点。

如果没有唐僧取经，大唐会怎样？

  历经九九八十一难，行十万八千里路的唐僧取经，经常这样自报家门："奉唐王之命，去往西天拜佛求经。"所以唐僧取经也可以说是大唐取经。那么如果没有唐僧取经，大唐会怎么样呢？

  按照如来的说法，大唐所在的"南赡部洲者，贪淫乐祸，多杀多争，正所谓口舌凶场，是非恶海。我今有三藏真经，可以劝人为善"。如来不愿将经书直接送到东土，需要有人"去东土寻一个善信，教他苦历千山，询经万水，到我处求取真经，永传东土，劝化众生，却乃是个山大的福缘，海深的善庆"。之后，观音奉如来之命去大唐寻找取经人。他们抱着朴素的思想，标榜要提升大唐地区的人文素质。

  那么，我们就先来说说大唐的人文素质。

  取经前如来说大唐之地"贪淫乐祸，多杀多争，口舌凶场，是非恶海"，取经团一路取经走了十四年，十四年后取经团到达灵山，见到如来，如来依然高高在上地说："你那东土乃南赡部洲。只因天高地厚，地广人稠，多贪多杀，多淫多诳，多欺多诈……虽有孔氏在彼立下仁义礼智之教,帝王相继,治有徒流绞斩之刑,其如愚昧不明,放纵无忌之辈何耶!"在如来的眼中,东土之地就是个犯罪多发地,其根源是文化教育不行,孔家儒教文化和严厉的刑罚都不能提高国民素质。

那么,大唐子民的生活到底是什么样的呢?

在大唐,一个渔翁和一个樵子诗词唱和,淡泊名利;卖卦先生袁守成"相貌稀奇,仪容秀丽",即使被龙王挑衅也仍为它指点迷津;有忠于职守的魏征,有乐善好施的刘全夫妻,有忠厚善良的刘伯钦一家,就是那个杀害陈光蕊的刘洪最终也伏了王法。唐僧虽说是金蝉子投胎,但是大唐的山水培养了他"千经万典,无所不通;佛号仙音,无般不会"。

反观在西牛贺洲境地呢?第二十三回取经团人员聚齐起就已经进入西牛贺洲境地,从第二十三回到第九十九回,取经团遇到的所有妖邪均来自西牛贺洲。其他妖邪不说,单说那如来的舅舅大鹏,他一妖就吃了狮驼国国王及文武官僚及满城大小男女,这大鹏如果在大唐一定会人神共愤,但在西牛贺洲,最终如来把他这舅舅供起来,让"四大部洲,无数众生瞻仰"。

也许天竺国的和尚们说出了西牛贺洲人所有的心声:"我这里向善的人,看经念佛,都指望修到你中华地托生。"

事实胜于雄辩。没有唐僧取经,大唐子民也是当时四海八荒幸福指数、文明指数最高的国民。

不得不说,观音菩萨真的是一个圆融的外交使者。他见了大唐官员后,只字未提大唐人文素质差、经文可以提高国民素质之类的话,如果这么说估计大唐的文武百官能给他讲三天三夜的仁义礼智信。观音菩萨说的是:"你这小乘教法,度不得亡者超升,只可浑俗和光而已;我有大乘佛法三藏,能超亡者升天,能度难人脱苦,能修无量寿身,能作无来无去。"唐僧本身学习的就是西方文化,说他学的知识层次不够,他无言反驳。而观音说他西方的经文能让"亡者升天",这正中唐皇李世民下怀。

这得从李世民的一个梦说起。

李世民梦中魂游地府,被一群枉死的鬼魂拦住还魂之路,为了还魂阳间,李世民答应回到阳间办一个"水陆大会",超度那些无主的冤魂,让阴司里无抱怨之声,让阳世间有太平之庆。还魂后李世民即开始在国内操办"水陆大会",其中设坛讲经说法的就是唐僧。但是现在菩萨却说唐僧讲的是小乘教法,"度不得亡者超升"。那这水陆大会不白忙活了嘛,所以李世民当即决定立即休会,"待我差人取得'大乘经'来,再秉丹诚,重修善果"。

所以唐僧为什么取经? 一切都是为了大唐皇帝的一个梦。不是需要西方经文来提高人文素质,不是向往西方佛法,不是为了普度众生,而是为了普度众鬼。

那么,问题又来了,没有唐僧取经,大唐的阴间会有冤魂无处超生吗?

书中说我大唐之地"华夷图上看，天下最为头。真是奇胜之方"。这样神奇的地方能养育"千经万典，无所不通；佛号仙音，无般不会"的唐僧，却不能超度亡灵吗？当然不可能。且看唐僧在两界山前双叉岭之表演。

唐僧借宿在刘伯钦家，刘伯钦的父亲之灵原本在阴司苦难难脱，唐僧为刘家念诵了一番经文，刘伯钦的父亲便托梦给家人："我在阴司里苦难难脱，日久不得超生。今幸得圣僧，念了经卷，消了我的罪业，阎王差人送我上中华富地长者人家托生去了。"刘家一家人欢喜的不仅是刘父可以超生，而且是可以再生中华家。观音菩萨说唐僧念的小乘教法度不得亡者超升，你信吗？

你信不信没关系，唐王李世民信就行。

李世民为了他的一个还魂梦，相信西方的和尚会念经，选派唐僧去往西天取经，为了表明对西方三藏经文的向往，让唐僧取号"三藏"。

唐三藏最终没有取回三藏经书，如来以"待要全付与汝取去，但那方之人，愚蠢村强，毁谤真言，不识我沙门之奥旨"为由，只传了一藏之数。这一藏是谈天呢，还是说地呢，还是度鬼呢，并没有明说。

但是可以肯定的是，唐王李世民靠唐僧西方取经来圆梦的希望终是落空了。因为如来派八大金刚护送唐僧回唐，交代八大金刚："把真经传留，即引圣僧西回。"在大唐，李世民重开水陆大会，引唐僧诵经讲法，唐僧方欲讽诵，八大金刚即现身叫道："诵经的，放下经卷，跟我回西去也。"一字经文未讲，如来就派人带走了唯一能看懂经文的唐僧，连带孙悟空、猪八戒、沙僧和白龙马一起回归西方，留给大唐的只是三藏中挑检出来的不知是谈天还是说地还是度鬼的经文。

对于取经团来说，取经历程到此算圆满结束了，但是对大唐来说，圆梦的历程也许才刚刚开始。

中华之地，大唐子民从来就不缺乏梦想，也不缺乏圆梦的能力。我们从来不相信什么救世主，幸福的生活靠自己的双手来创造。没有了唐僧又怎么样，只有一藏经文又怎么样，大唐子民硬是靠着自己的才智，让这一藏经文在中华大地长出了中华特色。

千百年之后，当西牛贺洲的所有经文都消失殆尽时，只有中华大地还留存着唐僧取回的经文，西牛贺洲自己的文化和历史都要到中华大地来寻找，这也许是如来无论如何都没有想到的吧。

写在最后

唐僧取经临行前，唐太宗问他："御弟，这一去，到西天，几时可回？"

他回答："只在三年，径回上国。"

结果他走了十四年。

儿子升入初中，《西游记》是必读书目，我准备和儿子一起品读西游。当我告诉儿子我要写《趣品西游》时，儿子问我：你一回一回写吗？要写多久？

我答：大概一个学期吧。

结果我写了三年。

唐僧低估了他取经途中的困难，我同样也低估了写《趣品西游》的困难。

对于我们这一代人来说，《西游记》几乎陪伴了我们的整个童年。我记不清到底看了多少遍电视剧《西游记》，但是电视剧里每个人物、每个装扮，甚至每句台词，都已经深深地刻印在了脑海中，一家人、几家人、全村人一起看电视的场景永远都挥之不去。上学时学到"栩栩如生""腾云驾雾""万人空巷"等成语时,我的脑海中联想到的还是电视剧《西游记》。

儿子出生后,我在儿子身上看到了我童年的影子。他对《西游记》的热爱一点儿不亚于我,三岁时,他能背全二十五集的电视剧集名,我随便点一集,他都能复述这一集的故事,我每说一个情节、一个人物,他都能准确地说清出自电视剧第几集。

凭着我和儿子对《西游记》的热爱和熟悉程度,我觉得写点《西游记》读后感应该是很简单的事。可是,当我真正开始读原著时,我才知道原来读书和看电视剧完全是两回事。在原著里看到的是更多重的人物关系、更复杂的人物心理和更微妙的情节设计,我需要一遍遍地理顺关系,思考人物特点,把自己一遍遍地代入故事中,去体会书中的故事情节,去理解书中的人物思想。

直到这时,我才发现,电视剧《西游记》是我们的幸,也是我们的不幸。原来,孙悟空并没有电视剧里演得那么神通广大,他像极了追梦时代的少年我们;原来,唐僧并不像电视剧里演得那样意志坚定,他像极了为了生活负重前行的中年我们;原来,各路妖精、神仙并不像电视里演的那样善恶分明,他们像极了生活中各行各业、形形色色的我们。

三年来,西游人物伴随着我生活的方方面面,闲暇时和西游一起慢度时光,焦虑时从西游中寻找解压良药,快乐时从西游中寻找欢笑源泉,郁闷时从西游中寻找生活智慧,纠结时从西游中寻找思

维出路。当我一篇篇《趣品西游》发出来时,朋友说我改变了他们的西游观,其实,我想说,是西游改变了他们眼中的我。

唐僧取经途中遭遇了诸多妖邪,最困难时还想过向唐王写辞职信。写作《趣品西游》过程中,我也有思想枯竭的时候,也有为了一篇文章反复删改到焦虑的时候,也有忙碌疲惫想放弃的时候,但是总有朋友们的后台留言转发表达支持,有的朋友和我见面就从西游聊天开始,有的朋友戏谑地催稿也是在表达着鼓励,他们就像取经途中的各路神兵天将一样,一路陪伴一路护佑,让我知道我不是一个人在奋斗,他们和我一样爱西游,爱取经的历程。

唐僧取经途中遇到了小雷音寺,那时他以为他走了捷径快速到了灵山。在写作到第54篇时,出版社的朋友第一次向我伸出了橄榄枝,那时我和小雷音寺的唐僧一样欣喜,却因诸多问题没能出版,我又像唐僧继续西行一样继续写作。人生没有捷径,人也不能要求太多,走万里路不忘初心,唐僧取经是为了圆唐王的一个梦,那就好好走完这一历程,把经取回大唐,至于成不成佛那是水到渠成的事。而我写西游的初心是陪儿子和朋友一起读西游,这段过程收获了阅读的快乐和朋友的支持,就很成功了,至于文章整理出版,我相信这也是一个水到渠成的过程。

唐僧取经成功后遭遇落水一难,经书破损小有郁闷。巧合的是,当我发布完《趣品西游》所有文章后,寻找2012年我发布在腾讯微博上的短篇西游小评论时,发现久不登陆的腾讯微博里已经空空如也，网上说腾讯微博经过了整改，很多人早年发的东西都没有了，这是件很郁闷的事。2017年我开始在微信公众号上写《趣品西游》文章，而在2012年就开始在腾讯微博上发一些小短篇的西游感悟帖，那是我最初最原始的想法，虽然大多数的思想都变成了公众号里的长文，但那些小短篇的缺失终还是成为内心的遗憾。用悟空的话来给自己释然吧："盖天地不全，这经原是全全的，今沾破了，乃是应不全之奥妙也，岂人力所能与耶！"天地本不全，我们又为何要求全责备？

感谢好友张婧妤的帮助和支持，此书能够出版离不开她的支持和鼓励，更离不开她专业的策划和审稿，她一直是我学习路上的良师和益友。

感谢好同事傅浩兰，他不仅通读全稿，而且将书中内容录制成音像产品在喜马拉雅平台播出，吸引了更多的人对此书的关注，也给了我莫大的支持和鼓励。

感谢我的诗词老师西岭雪先生，她缜密的思维给了我很大的启发，她的探秘红楼的思考和写作方法给了我很大启发，她的热心帮助和支持是我前行的力量。

感谢"西周私塾"的所有家人们，我的公众号里有一半以上的读者来自他们，他们如亲人般的爱是我生活中最温暖的阳光。

感谢南京航空航天大学施向峰教授对此书写作的指导，感谢江苏农林职业技术学院唐智院长对全书内容的校订和修改。

写在最后

感谢好朋友杨昌红老师为本书提供插图创作,杨老师的画作让书的内容更加形象生动,成为本书不可或缺的一部分。

感谢闺蜜红霞,老妹贞、同事王学红老师、吉雍俊老师、吕品一老师、柯永海老师、唐冬芬老师、王小丽老师,朋友季华、王军、尹红敏、郭岩,学生伍长风、陈杰、王萍……感谢你们一路的支持和陪伴!

感谢所有喜爱《西游记》的朋友们!

丁志春

写于 2023 年 3 月 7 日凌晨